U0523761

KEY·可以文化

可以有诗

水上书

沈苇

著

浙江文艺出版社

图书在版编目(CIP)数据

水上书 / 沈苇著. -- 杭州：浙江文艺出版社，
2025. 5 -- ISBN 978-7-5339-7911-9

Ⅰ.I227

中国国家版本馆 CIP 数据核字第 202557BD76 号

策划统筹	曹元勇
责任编辑	易肖奇
校　　对	李子涵
营销编辑	耿德加　胡凤凡
责任印制	吴春娟　睢静静
装帧设计	付诗意
数字编辑	姜梦冉　诸婧琦

水上书
沈苇　著

出版发行	浙江文艺出版社
地　　址	杭州市环城北路 177 号
邮　　编	310003
电　　话	0571-85176953（总编办）
	0571-85152727（市场部）
印　　刷	上海盛通时代印刷有限公司
开　　本	850 毫米×1168 毫米　1/32
印　　张	9.5
插　　页	4
版　　次	2025 年 5 月第 1 版
印　　次	2025 年 5 月第 1 次印刷
书　　号	ISBN 978-7-5339-7911-9
定　　价	59.00 元（精装）

版权所有　侵权必究

目录

第一辑　孕·浙东唐诗之路

弹歌	003
越绝书	004
吴越春秋	006
西陵渡	008
剡溪	010
西施之殇	012
谢安墓前遇孔雀	015
沈园	017
大羹玄酒	018
兰亭	019
鲁迅，归来	021
仿越歌	024
书圣墓	025
新昌谣	027

天姥行吟	*029*
斑竹村	*031*
国清寺	*034*
寒山	*036*
石梁	*038*
天一阁	*040*
东钱湖与数字故乡	*042*
舜江,太平洋酒店	*044*
慈溪走书	*046*
四明东麓	*048*
致故乡	*050*
江南长城	*054*
橘颂	*056*
温岭三题	*059*
东岖岛	*061*
普陀,看海	*063*
抹香鲸寓言	
——在沈家门读梅尔维尔《白鲸》	*065*

第二辑 运·大运河诗路

良渚的曙光	*071*

玉鸟	*073*
运河之岸	*075*
拱宸桥	*076*
运河一千零一夜	*077*
树上的男爵	*079*
半山·立夏节	*081*
塘栖	*083*
无问南北	*085*
超山	*087*
径山寺	*091*
运河剪影	*093*
太湖	*101*
骆驼桥	*103*
吉美庐	*105*
驶向弁山 ——赠施新方、林妹伉俪	*107*
疯子船及其他	*109*
白鹭	*111*
关于水的十四种表达	*113*
暴雨已至	*118*
银杏长廊	*119*
顾渚山下	*121*

德清，见山庐
——赠慎志浩 123
莫干山，红豆杉王 125
安吉的柚子树 127
无尽夏，姐姐的绣球花 129
凤凰桥
——赠舒航 132
冬夜垂钓者 134
蚕茧 136
童年的时间
——致奥尔加·托卡尔丘克 138
晨摄 140
世界拥有许许多多视角 142
荻港夜话 144
旧馆 146
戏剧凿空乌镇的雨天 148
濮院，一种看 149
缘缘堂 151
西塘 154
鱼鳞塘
——赠李平 156
寻访干宝 158

杭白菊	*160*
愤怒的甲鱼	*162*
吴越站	*164*
河边偶记	*166*

第三辑　韵·钱塘江诗路

钱塘江	*173*
古海塘	*174*
义蓬大坝	*176*
凤凰山	*178*
德寿宫	*180*
西湖：水上剧场	*182*
断桥夜谭	*184*
剃度记	*186*
故居	*188*
宋韵·界画	*190*
梦粱录	*191*
钱塘书房	*193*
石磨	*195*
在黄公望隐居处 ——赠蒋立波	*197*

严子陵钓台	199
龙门·迷宫	201
旧县，母岭	204
富春江边	206
李清照在金华	207
智者寺 ——赠吴述桥、李蓉	209
网红餐厅里的艾青	211
伤鸟	212
骆宾王墓前	214
永康典礼	216
胡柚诗会	218
衢州的孔子	220
梅城	222
钱江源	224

第四辑　蕴·瓯江山水诗路

江心屿	229
谢公屐与玄言尾巴	231
朔门古港	233
雁荡夜游	235

萤火码头	*237*
七条小巷	*239*
东南有嘉木	*241*
在平阳	*243*
美丽办	
——赠潘新安	*244*
自然深处的松阳	*245*
老奶奶致敬张玉娘	*247*
以缙云之名	*249*
欧冶子	*251*
金村	
——赠流泉、江晨、徐建平、洪峰	*256*
孪生桥	*258*
菇寮	*260*
江湖派	*262*
乌饭节	*265*
泰顺廊桥	*267*
青田石雕	*269*
茶耳	*271*
苍南记	*273*
巨树	*276*

洞头
——赠余退 *278*

贝雕博物馆 *280*

礁石之歌 *282*

带鱼之歌 *284*

蓝眼泪 *286*

第一辑
孕·浙东唐诗之路

弹　歌

断竹。在茂密的百越山林
砍伐并截取最有韧劲的竹子
续竹。用葛藤、兽皮做成一把弹弓
我目光炯炯，身体孔武有力
飞土。嚯嚯嚯，发射出泥丸子弹
仿佛空气也在为我欢呼、开路
逐肉。我要昼夜守护在父母身边
不让他们担惊受怕，受到野兽侵扰
再去密林深处，为他们扛来一头麂鹿

2024 年

注：《弹歌》全文为"断竹，续竹；飞土，逐肉"，出自赵晔《吴越春秋》，与《击壤歌》一起，被认为是我国最早的两首诗。

越绝书

水中山,大越石
噫吁嚱——
山阴之阳,柔中之刚
会稽精魂冉冉升起
留下一部
无记名的史书

风起奇书——
兵备、阴谋、术数、复仇
一个动荡的整体
一种转瞬之思
以碎片和烟霭的方式
归于一书——
仁义、节事、道、阴阳五行……

方志鼻祖,越国精神
内经,内传,外传

古奥,斑驳,杂糅
萃取为——

"绝者,绝也……"
"……转死为生,以败为成。"
"诚在于内,威发于外,
"越专其功,故曰《越绝》。"

2023 年

注:引文出自无名氏为《越绝书》作的序。

吴越春秋

吴与越在赵晔笔下风起云涌
展开山与水的互认和演绎——
夫差的昏聩、恻隐、刚愎自用
勾践的忍耐、勇毅、卧薪尝胆
"中夜潜泣,泣而复啸。"
伍子胥的复仇、耿直、犯上进谏
范蠡的佯狂、睿智、泛海而去
西施之殇,文种伐吴九术之美人计
"四曰:遗美女以惑其心,而乱其谋。"
旷世之忠良,莫过于
自沉的渔父、投江的击绵女
——小说,在南方开始小小地说
在一部史书中潜伏、萌芽、滥觞……

吴与越在赵晔体内风流云散
辞官,外出求学,隐而不见二十年
葬礼举办过了,超度的法事年年在做

当他突然还乡,被乡邻们认作一个鬼
青年已是中年,一个活生生的"鬼"
是穿越死亡、拼尽全力而回来的
秉烛夜行,发愤著书,时光中散佚了
《诗神泉》《韩诗谱》《诗细历神渊》
留下这部跌宕而孤单的
《吴越春秋》

2023 年

注:赵晔,字长君,会稽郡山阴(今浙江绍兴)人,生于东汉光武帝建武十六年(公元 40 年)前后,卒年不详。其撰写的《吴越春秋》是一部以记述春秋战国时期吴、越两国史事为主的史学著作,被誉为中国历史演义小说之滥觞。诗中引文出自《吴越春秋》。

西陵渡

需要一次长旅的停靠
一个流水的开篇

浮沉山影,晚来潮波
远去孤帆,牵肠棹歌
传来东方越中召唤

那里有你的托付
可以狂想、隐逸的
剡溪、镜湖、天姥
那里有你的洞天:
自然之摇床
山水之大慰藉

空江,渡人
渡己,渡他
知章、浩然、李杜

元稹、禹锡、孟郊……
风尘仆仆,骑马似乘船
是的,前世修来同船渡

水与路,光与影
远与近,昔与今……
装满一叶扁舟
与君共济、飞渡

长旅的停靠
流水的开篇——
吴地尽,越山多
离乱远,修远近

2023 年

剡　溪

勘测剡溪的深浅
就到一首唐诗里去
它的流水、传奇
与会稽山、鲈鱼脍齐名

再忆王子猷夜访戴安道
雪中赶路,造门却返
"吾本乘兴而行,
"兴尽而返,何必见戴?"

泉溪引雾
引馨风、名士
引来魏晋至唐的
探幽者、访胜者、命名者

赞美剡溪的清澈
就到一首唐诗里去

它的秀异、奇丽
是李白的"何啻风流到剡溪"
是杜甫的"欲罢不能忘"

——醒着,犹在浪里梦境
离开,仍是劈波归来

     2023 年

注:第二节中的引文出自南朝刘义庆《王子猷居山阴》。

西施之殇

美人中的美人
我对你所知甚少
对你的爱与恨、恐惧与情欲
近乎无知
清水溪与臭水沟仍在争夺你
石头、泥巴和铝合金争夺你
如同湮灭的吴与越
曾在流水、杀戮与和平中
撕裂并分离你

假寐的记忆里没有你
残帙中尚有你一丝印迹
诸暨、萧山、苏州、无锡、三山岛……
这些,是死后收留你的故乡么?
太多的命名,溢出施夷光之名:
浣纱女、苎萝明珠、荷花女神、绝代佳人
复仇者、女间谍、政治礼物、红颜祸水……

"西施之沈(沉),其美也。"(《墨子》)
因为太美
必须盛以鸱夷、沉江毙命
因为美得无辜
必须将她的后半生一笔勾销
这符合历史的阴暗逻辑

"吴人何苦怨西施……
"越国亡来又是谁?"(罗隐)
被有形和无形之手掌控的命运
微尘的"小于一"的命运
不如随一个好男子泛舟而去
让好事的古典派和臆想的现代派
都找不见你的踪影
不如让荷花替代你的石榴裙
盛开与凋敝,都遵从时令
不如化作柔软无骨、纯洁如玉的太湖银鱼
缓缓游入一部失传的《鱼经》……

西与东:海伦与西施
美人中的孪生女、量子纠缠
"你的意思是我们仅仅

"为一个影子而斗争了那么久吗?"
所以睡吧,稀世的美人
像海伦睡在蔚蓝的地中海
关于存在与死亡、传说与归处
我们只是道听途说
在野史中挖一点残渣和灰烬
徘徊在吴与越之间
怀古于姑苏台和馆娃宫的空寂
为美一辩,我总是无能为力
所以睡吧,作为一个幻影
一种模糊的诗学和美学
安心地,睡吧

国之殇,有吴越
人之殇,有西子
——美人中的美人
愿你的羽化之轻
冲破前世今生
冲破这人间之重!

2023 年

注:未注明的引文,出自欧里庇德斯悲剧《海伦》。

谢安墓前遇孔雀

谢安墓前,榔榆、银杏下
一只懒洋洋蓝孔雀
卧在杂草、枯叶和阳光碎银中
倦于开屏,看上去
不愿东山再起了

再起的,是东山上的流云
如同上虞天空的文心雕龙
下沉的,是洗屐池残碑
一尾曹娥江蓝鳊
以死水和活水的方式追忆流年

孔雀家族也有流年梦境
梦里的朱雀桥、乌衣巷、堂前燕
北方吹来的胡沙、烟尘、凛风……
稀世的鸟儿,以代入者身份
微微抖动头顶簇羽

唱起一支哑默的挽歌

衣冠冢里的晋太傅
孔雀膜拜的空
为南京梅岭的第一个墓穴
为湖州三鸦冈的遗骨
为额外的自己，再致一篇悼词

2022 年

沈　园

表妹没有死去
一直活在离索之痛中
伦理的诘难，爱的生死穿越
从十二世纪末的绍兴城东开始——
六十三岁，菊枕余香似旧时
六十七岁，小阙于石，读之怅然
七十五岁，伤心桥下，惊鸿照影
八十一岁，梦见玉骨已成泉下土
八十二岁，但见孤鹤飞过园内颓墙
八十三岁，美人和幽梦，哪堪匆匆
八十四岁，放翁先生去世
那年以来，沈氏园林的
梅花、桃花、梨花、玉兰花
开了又谢，谢了又开
像千年前一样绚烂缤纷
一些花泥，一泓葫芦池
合葬了两阙双生的《钗头凤》

2021 年

大羹玄酒

诗的技术至上和修辞过度
早被放翁名之为"琢琱之病"
譬如江西诗派堆垛、僻涩的习气
奇险也伤气骨,从而走上穷途
写过诗九千,晚年陆游认为
好诗如灵丹,不杂膻腥肠
是自然、朴质、纯正的
"大羹玄酒"

2021 年

兰　亭

兰亭是消失了的
消失的是生活
和艺术的鲜活场景：
雅集，修禊，呼朋唤友
对酒当歌，坐而论道……

兰亭是无法今古置换的
"曲水流觞"难于真实重现
帝王、高官留下墨迹
只是《兰亭集序》的陪衬
字字珠玑之后的
画蛇添足

所以，兰亭是无法抵达的
今人只是徘徊于兰亭之外的
渴慕者、局外人
兰亭之门，早在四世纪

就轰然关闭了
"哦,兰亭……"
听上去是多余的自言自语

瞧,一个身着古装的"名流"
风尘仆仆,远道而来
兰亭的大白鹅
怒气冲冲追咬着他
好像要把他再次驱赶到
兰亭之外的
喧嚣和混沌中去……

2023 年

鲁迅,归来

童年,永不终结的存在——
是一出生便尝到的五味:
醋、盐、黄连、钩藤、糖
是蜜饯、牛痘、万花筒
"射死八斤"漫画
与弟弟们演出的童话剧
是长妈妈的鬼故事
闰土送来的贝壳、羽毛
是安桥头的外婆家
种田,打鱼,酿酒
摇着小船去看社戏
是阴郁的老台门
和迷宫似的新台门
是父亲的病与死
家道不可挽回的败落……

从百草园到三味书屋

一头是儿童乐园
一头是启蒙学堂
从菜畦、皂荚树、蟋蟀之歌
到孔子牌位、四书五经
先生的惩戒，摇头晃脑
如同从旷野到书斋
从一个星球到另一个星球
仿佛一辈子都无法走完

鲁迅没有走完的路
我们装模作样跟着在走
从百草园到三味书屋
从一个景点到另一个景点
店铺林立，恍若市集
霉干菜、臭豆腐香味飘来
小乌篷船为旅游业穿梭、忙碌……

而鲁迅，早已逃离
一个童年和故乡的逃离者
他的逃离，是决绝者的
硬骨头，对思乡病的逃离
是"一个也不放过"

对无原则宽容的逃离
是"匕首"和"投枪"
对隐喻、寓言和叙述的逃离
是十六本杂文
对《野草》和三部小说的"逃离"……

但,逃离者归来了——
五十六岁,三十八点七公斤
以一个十岁孩子的体重
一份枯槁,倒进自己童年
——他以一个孩子的轻
回到故乡,交还童年

2023 年

仿越歌

一稀奇,麻雀踏煞花公鸡
二稀奇,蚂蚁骑马到慈溪
三稀奇,乌篷开进酒缸里
四稀奇,黄狗黑鸡拜天地
五稀奇,两个丫头神经兮兮
六稀奇,毛脚蟹钻进豆腐里
七稀奇,核桃树上长香榧
八稀奇,乌干菜爱上白米
九稀奇,百岁老头唱大戏
十稀奇,鳑鲏一跳到会稽
十一稀奇,醉虾做梦沈园里
十二稀奇,老鼠胡须写篇兰亭序
——南风之熏兮,可以解吾民之愠兮!
——南风之时兮,可以阜吾民之财兮!

2021 年

注:最后两句为舜时《南风歌》,据《孔子家语》记载:"昔者舜弹五弦之琴,造南风之歌。"有人认为舜弹琴之地在历山,与会稽(绍兴)相邻的余姚,今余姚尚有历山村、以舜命名的舜江等。

书圣墓

墓道很长,仿佛没有尽头
光斑在鹅卵石上闪烁、叮当
松鼠在林间嬉戏、跳跃
这个秋日,下午被拉长了
生与死的咫尺距离也被拉长了

书圣的手札尺牍,隶草楷行
穿越宣纸时光,从晋传递至今
风格也在微风中传递——
"龙跳天门、虎卧凤阙"
改写为:瀑布山下——
建书楼,植桑果,书画诗文
放鹅,弋钓,为晚年娱乐……

在金庭,事死如生的誓愿也很长
我将圆柏、苦楝、桉树
视为一代代忠诚的守墓人

五十六代守墓人王粮才老了
老得就像竹林里快要倒塌的墓庐
红泥墙，黛瓦顶，摇摇欲坠
最后一次，他清扫墓道落叶
最后一次，他拂去墓碑上的虫骸
从这里走回王氏后裔聚居的华堂
他花了整整一个蹒跚的下午……

"一书成圣"，死也是一座金庭
死也是一处不枯竭的飞瀑……

       2023 年

注："龙跳天门、虎卧凤阙"，为萧衍对王羲之书法的评价。

新昌谣

十八高僧,十八名士
纷至沓来,加持一方

梦里发愿、接续
从僧护传到僧祐

目准心计,无中生有
五丈弥勒,千尺尊容

要有刘勰之闳中肆外
石碑、造像互为双璧

当鼻祖寻找另一个鼻祖
谢灵运就遇到了白道猷

"长啸自林际,归此保天真"
呼应王右军之"卒当以乐死"

老杜归帆,太白梦游
处处遗薪,如斯般若

庄老告退,山水方滋
剡东沃州,一再新昌

2023 年

注:"长啸自林际,归此保天真",出自魏晋帛道猷诗作《陵峰采药触兴为诗》。

天姥行吟

壮游，吟留别，行尽深山又是山
古驿道，剡溪长流又回返
跟随律诗与景致的资深向导
去风景深处吧，这洞天苍然天表

古来万事，如东流之水
幽谷，丹壑，叠嶂……
峡崎之谷，群山隐学
霓衣风马，旷古之静
突兀鸟嘴岩，模仿群鸟啼鸣
哒粥潭，又名跌落水
碧溪回响，深知崔嵬心意

十六福地，对应葛玄天台
夭桃天鸡，破晓则鸣
天下之鸡，随之起舞
烟霞层峦，传来群山合唱

行者与隐者,已浑然一体

采薇,不如拂石卧秋霜
不如炼丹、吟哦、闲坐
在天姥,顽石、危途和霹雳
可耐心淬炼。移动的个体
跋涉,探幽,登攀……
如随身携带一只炉鼎
以万物为胎息,吐故纳新

     2021 年

斑竹村

章家祠堂,空荡荡竹椅上
坐着空荡荡的光阴
光阴被拉长,如村道迤逦
卵石路之幽,通往群山深处
通往明清、唐宋、两晋……

过天姥门户牌坊,桃源江
又名惆怅溪,溪似瀑布跌落
观音殿,太白殿,谢公道
落马桥,外加司马悔庙
刘晨、阮肇采药遇仙之后
谢灵运的放浪山水来了
严维的隐游之后
李白的仙游和狂想来了
周文璞的潦倒之后
徐霞客的跋涉和夜宿来了……

入村，意外的鲜活场景：
有人低头做稻草毡子
为即将酿制的米酒保暖
有人从山上捡来松针、树叶
储备香喷喷的过冬燃料
有人用萝卜缨子做霉干菜
为餐桌增添古老的风味
红薯干、黄瓜、芥菜
白菜、冬瓜、雪里蕻
晒在路边、道场、木架上
看上去十分满意，好像在说：
晒一晒初冬的阳光，多么地好！

品尝过王才妃的臭豆腐、木莲冻
与妻沿青云梯登山道往山里走
风景似油画，色彩饱和、绚烂
我们走走停停，主要忙于晒太阳
年轻人招呼我们一起登顶
我们却开始折返，不去，不去——
还是回斑竹继续白日梦游吧
太白应是梦游天姥吟留别的
"白也，以恍惚为巢，

"以虚无为场,

"何独钟情于天姥?"

  2023 年

注:引文出自竺岳兵先生为新昌斑竹村撰写的《李白〈梦游天姥吟留别〉序》。

国清寺

隋梅的苍劲,它的死而复活
只代表一种线性时间
秋深了,智者大师
正从平行时空缓缓归来
回到几毁几建的物外之寺
回到手书"三大部""小五部"
回到莲台上玉佛的降魔印

古木,异草,奇花,溪流
三十座殿堂楼阁唇齿相依
华顶不远,报恩塔很近
一年又一年,燕雀修筑新巢
三隐院三泉,仿佛仍在
替丰干、寒山、拾得
发出"龙吟""狮吼":
一心三观,一念三千
自觉、觉他,止观、定慧

法度与救渡，有一种生动的
此在性，例如"一草一木皆有佛性"
的指示牌。寺内僧人、居士
翻晒秋阳下颗粒饱满的稻谷
寺外庙田里，四座稻草垛
像四座低矮、谦卑的浮屠
鱼乐国边，小茶室里闲坐
游客们静静喝红茶、普洱
热腾腾茶炊旁，有几行字：
"茶水自取，请勿喧哗，
"请勿拍照，拒绝网红。"

2023 年

注：《法华文句》《法华玄义》《摩诃止观》为"天台三大部"，《观音玄义》《观音义疏》《金光明经玄义》《金光明经文句》《观无量寿佛经疏》为"天台小五部"，均为天台宗创始人、智者大师智顗遗作。

寒　山

"多少天台人，不识寒山子"
寒山正是在这种不被理解中
隆起、孤耸、生长的
在入穴而去、不知所踪之前
桦皮为冠，布裘破弊，木屐履地
"细草作卧褥，青天为被盖"
却依旧往树木、石壁上
兴致勃勃涂抹诗句
有时与丰干、拾得，三个微躯
分享同一个逍遥自在的灵魂
有时坐在寒岩、山崖间
快乐地哈哈大笑
"三界横眠闲无事，
"明月清风是我家"
他将众星、皎月认作"我心"
写下提前了的白话诗
"白云抱幽石"般的自由体

并在一千年后,其灵魂漂洋过海
落户于美国"垮掉派"灵魂中

2023 年

注:引文均出自寒山诗。

石　梁

山险路长，泉轰风动
溪边，升起一棵奥义之树
一棵光明、通透的
雷公鹅耳枥

"仰视石梁飞瀑，
"忽在天际。"
仰观中方广寺
于天际之上，云间坐落
（上方广寺却隐而不见）
到夜晚，"闻明星满天，
"喜不成寐。"

三寺，如树
形而上和形而下
上、中、下本是一体
从中方广寺来到下方广寺

悬崖的降落、莅临
如同从高大的树身来到树根——

寺内，一棵多人合抱的古衫
鹤筑巢于上，叫声嘹呖
为空寂深山平添一份
久远的清响

霞客三上天台、六观石梁
留下日记两篇，却忘了记下
下方广寺的五百罗汉

或许，罗汉们因渡人乏力
到上方广寺修行去了
要不，离开天台云游四方了

      2023 年

注：引文出自《徐霞客游记》首篇《游天台山日记》。

天一阁

春风不识字,蠹虫亦读书
家谱方志,碑碣拓本
时光不灭,记忆不破
需要一束宁波还魂纸

于是请来九狮一象
一只目光炯炯獬豸
用芸草和英石辟蠹、除湿
叠山理水,通达月湖
再从东海运来会呼吸的海礁石
易经曰:天一生水,地六成之
百年古樟,构建蔽日天空
浓荫下,家族血脉与书香传统
这纵向的齐驱,历岁月险境
和时日灰烬,而一次次重生……

守一书楼,如宅心物外

如东瀛的幽玄、物哀、寂
没有谁人比去官还乡的范钦
更懂得先人尤袤的心声：
"饥读之以当肉，
"寒读之以当裘，
"孤寂而读之以当友朋，
"忧幽而读之以当金石琴瑟也。"

      2021 年

东钱湖与数字故乡

青山万古不朽
南宋不远,犹在眼前
所以,墓道石刻:
文臣、武将、蹲虎、立马、跪羊……
看上去与我们神情相似

葑菼日生月长
淤塞三位一体合子湖、梅湖、外湖
梗阻时光的波动、荡漾
当它们被清理干净
大湖又恢复四个西湖的如镜澄泓
有人轻叹:人文那么稀少……

有人悼念1980年代的背井离乡
有人剪辑了贾樟柯
有人在湖畔寻找消失的村落
夕阳下,一个老男人和他的小妻子

动作僵硬地拍摄婚纱照……
泥美术馆的美少年说
年轻人都有一个"数字故乡"
因为他们生下来就是"数字原住民"

——原地流散已是时代命题
但,即便所有的水滴通力合作
都迁不走东钱湖这一片浩渺
迁不走的还有霞屿岛、陶公矶
曾经"千僧过堂"的大慈禅寺
一百亿人民币堆积的
庞然大物——会展中心
以及土豪钉子户的"小白宫"……

2024 年

舜江,太平洋酒店

入夜,太平洋酒店
面对灯火暧昧的舜江
海,滩涂,在不远处
喷泉对星空的一阵怒射
仿佛来自搁浅的巨鲸
当柳丝轻扬,一条木雕鱼
就从河姆渡游了过来

杭州来的空肚子
仿若饥饿的鲸鱼之腹
在肯德基餐厅徘徊一圈
折回酒店,吃一块梁弄大糕
一只来路不明的芒果
然后,就沉入
太平洋酒店之海
——无梦的睡眠把你咽下了

被木鱼笃笃声唤醒——
晨光莅临,江边苍翠延展中
已轻轻安放一座橘色小寺
黛瓦为顶,大禹秘图山却隐而不见
——不,恰是:城池/姚墟
每日烟火中交互隐现的
严子陵之隐、王阳明之显……

    2023 年

慈溪走书

唱新闻——
唱成莲花落的闹猛
独角戏的辛辣、幽默
唱得老茶馆的清水沸腾
慈溪的一场阴雨停息了

走书——
走到慈溪大河口
喝一碗霉干菜泥螺汤
向年迈的悬铃木致敬
看垃圾场如何精彩蝶变
在小春的想象和规划中
儿时的菜园已植入银河系

从天潭、天元到万安庄
相距几里，都是亲戚模样
锣鼓开场，戏里戏外，角色纷沓

榫卯社与剃须刀,工业与传媒
周巷相遇,相视哈哈

走书——
如犁铧游荡
遇见折扇、莲花、惊堂木
当短街化身慢下来的长街
唯有一颗善美之心
能将兰街/演街变成一条天街

      2024 年

四明东麓

你看见,所以它们在那里:
二叠纪孑遗的中华水韭
独兰花——正如名字所示
开花时总是孤零零一朵
肥大而艳丽,自足而绝美
藏在枯草落叶中的道济角蟾
名字取自一位假装疯癫的和尚
像外星物种,神秘,另类
随时节变成不易觉察的中间色

龙观,生物多样性体验馆
轻触电视屏幕,水牛背上
一只歇息的鹭飞了起来
牛背鹭飞得再远,都会回来
不断返回牛背:一个小家园
捕食水牛身上的寄生虫
和惊起的昆虫,以此

延续生命,繁衍后代
它与水牛,一个共生体
但现实是:水牛消失了
牛背鹭再也不会回来了

你看见,所以山野在那里
清泉、溪流、动植,在那里
林壑之美,在那里……
涌动的、肆无忌惮的绿
何尝不是大自然的爱意?
但更像意识和无意识的造影
你来了,你看了,你走了
关于旅途和人生,大约如此
偶尔抵达的你,正在出现的你
仅是一个偶尔被看见的你

2024 年

致故乡

1.

故乡:一位地舆的母亲
她的爱、愁肠、召唤
她的唯一性和不可复制性

2.

她起源于被拆迁的老屋
儿时种下的一株树
一个人喝下的第一口母乳……

3.

她不是地名学,而是某个地方

由地上的亲人一起营造
更由地下的先人共同构建

  4.

她不只是一种情感
更是一个追溯本源的哲学问题
关乎我们记忆的存亡

  5.

她是无根人的一个"根"
如同你蹒跚学步就有了拐杖
白发苍苍却还在频频回望

  6.

根性与漂移,地方与无地方
被损毁的与内心需要重建的

构成故乡的当代悖论

7.

异乡:"无穷的远方……"
或许只是"故乡"一词的
游移、引申、延展……

8.

故乡与异乡,我者与他者
一座天平倾斜的两端
你得把它调校平衡了

9.

相对于故乡之重
乡愁、乡思、乡恋等词汇

都过于流行、轻浅了

10.

故乡和语言、死亡一样
都是我们随身携带的
是心灵隐秘的窖藏

11.

"诗人的天职是还乡……"
以"故乡影像"为母题的
在地摄影家,同样也是

2024 年

注:在 2024 宁波国际摄影周开幕式上的发言,本届主题是"故乡影像"。
鲁迅说:"无穷的远方,无数的人们,都和我有关。"海德格尔说:
"诗人的天职就是还乡,接近故乡就是接近万乐之源。……唯有在故
乡才可亲近本源,这乃是命中注定的。"

江南长城

石化的时间
石化的巨蟒
从大固山到巾子山
安卧于临海晴朗午后

左东湖,右灵江
秀逸要虚晃一枪
危崖之巅筑城墙
望天台上灌暖阳
朝天门下烈酒坊

雉堞连云,三塔同晖
墩台御寇,马面迎水
山魂海魄,好剑轻死
匹配风吹雨打的城
匹配这南方的北方

——柔中之刚
是哪种内在的刚?
山海之墙
是何等挺拔的墙?

一米时光,一丈豪情
逶迤、延伸为万米长城
请吧,请继续前行——
从兴善门到清河坊
穿过紫阳街人间烟火
去拜访蜜橘灯笼下
硬气博物馆里的
方孝孺、杜浒、柔石……

    2023 年

橘　颂

1.

从梦里递来的一只柑橘
仿佛来自星辰璀璨的太空
带有呼吸、体温和心跳

2.

芸香科的女王
兴致盎然，照耀远途
统领着橘、柑、橙、柚、枳……

3.

"橘生于南则为橘，

"橘生于北则为枳。"
生南,生北,不重要
生东,生西,属天命
今天,她又叫红美人、黄美人
代代花、不知火、明日见……
这命名学的种种花招
无法扰乱她甘甜的真相

4.

当你梦里递来了柑橘
我则梦见运送柑橘的飞船
陷入泥淖,不可自拔
但轻轻一推,飞船又启动、翱翔了
牛年,好像身上藏了一个安泰

5.

一只远方的柑橘
跋山涉水,风尘仆仆

比岭南的荔枝走得更远
比贵妃的期待更加热切、娇蛮

6.

清晨,正念冥想
柑橘,光束里的静物
如江南桂子落空坛
如塞尚的苹果
可以颠覆整个巴黎
当它重返枝头
就是广袤大地上的灯笼
汪洋大海里升起的灯塔

7.

在台州,人们互递柑橘,致以祝福
世上的人啊,愿柑橘的
吉祥之梦,与你相随、永伴!

2021 年

温岭三题

进　程

古舟，醉舟，沉舟……
大海，无垠坟场，它的进程——
网、诱饵、捕手，生死爱欲
波浪与座头鲸的角力
石魂海魄，一个巨大的彷徨
启动一滴蓝眼泪的进程……

曙　光

住的是曙光楼，走的是曙光道
去海边石塘镇也是看曙光——
中国第一缕曙光升起之地
冬天开花、夏天下雪的女诗人说
带鱼要吃小眼睛的，肉质好

大眼睛的,东张西望,迷失了方向
莫非小眼睛更易看见东海曙光?

犟

"犟",耕牛化身穿山甲
似金刚钻,一根筋,穿越
花岗岩、玄武岩、火山岩……
一钎一锤凿空山体之后
再凿昏沉己身
长屿硐天徘徊、冥想
独秀峰上观沧海,养浩瀚之气
可称之为一门"犟的诗学"

东岠岛

绿色船头,橘色肉身
劈开混浊的浪——
像洛尔迦的马,骑着波峰
嗒嗒在响

登东岠岛,吃海佛手、梭子蟹
变成云时代落汤鸡——
定海以东,"梅花"酝酿
天地混沌:天之唇、浪之牙
抿紧了嘴巴

大海,曾被一张天网捕捞
然后迅速逃逸——
咸的水滴,普适的水滴
再次总结我们目力所及的
澎湃与浩瀚

铺向远方的……另一个牧场
济州岛的远航者和归来者
痛饮过剩的阳光和孤独
此刻，站在我们跟前
像一匹晒瘦的黑马
"黑的海面——
"光滑如丝，平静似镜，
"隐藏起渊薮和坎坷……"

他身上有大海的腥味和辽阔
眼里是近与远的"梅花"
警觉，缤纷……

     2022 年

注："梅花"为 2022 年 9 月中旬登陆舟山的强台风。

普陀,看海

在大海这面巨镜中阅读
我们反向书写的命运
是变幻的,跌宕的

不太蓝的镜子,一碎再碎
海浪,像鱼的脊背微微拱起
又归于完整的平面和弧面

要么,像云团升起
要么,像信天翁滑翔
否则难于完成此生对镜的
彷徨、张望、转身

离得太近,大海的喧腾
变成无法倾听的死寂
有时,穿过大片碎玻璃
跌进一池幽暗的水银

那至高的虚空
和至深的渊薮
是垂直的、一体的
都被这面巨镜收藏了

白云和乌云,在海面
从左到右写下的文字
现在,要倒过来看——
它们像人类喂养的马群
从右到左,奔驰不已……

2020 年

抹香鲸寓言

——在沈家门读梅尔维尔《白鲸》

难道"裴廊德号"不是一条大鲸
一口注定沉没的海上棺材?
穹窿般的鲸,掀起滔天巨浪
尾巴噼啪作响,如上帝之鞭
将大海渊薮变成一些浮沫

大鲸浮出水面——
像一座岛屿,缓缓游弋
取自"岛屿"的可谓多矣
霍桑和妻子,曾建起一座小屋
用鲸腭骨搭建哥特式拱门
"这条大鲸的肝,可以装满两车"
"……它肚子里有一大桶鲱鱼"

啊,大海的激情和咏叹
鲸的——强权和公理!

"它的鳃吸进一个大海,
"一口气又喷出一个大海"
大鲸使它们行的路发光,
令人以为深渊如同白发

善与恶、神与魔的合成体
比蛟龙良善,比恐龙易怒
冲天喷泉,它的游戏和喜悦
但是现在,逃吧——
哈亚船长和"裴廊德号"来了
逃吧,从大西洋逃向
印度洋、太平洋……
逃向哪儿,都是海的无涯

快逃吧!受伤的莫比·迪克来了
狂怒、凶猛、无敌的大鲸来了
逃向哪儿都不见海岸、陆地
垂死的莫比·迪克,深深吸了口气
用它的弹药——一颗钢铁心肠
撞向千疮百孔的捕鲸船……

……戏已收场。大海

像一首挽歌,复归于平静
只有一名水手活了下来
惊魂未定的他,站在你跟前
嘴里嘟囔着约伯的一句话:
"惟有我一人逃脱,来报信给你"

      2020 年

注:引文分别出自斯托《年鉴》、弥尔顿《失乐园》和《圣经·旧约》。

第二辑
运·大运河诗路

良渚的曙光

象牙黄神徽，狰狞的观念动物
一双重圈大眼，看见五千年光阴
南方的灵，附着于琮、璧、钺
南方的魂，潜伏于地下幽冥久矣

眼睛之饕餮，目光之空茫
放大几倍的神人兽面、羽冠鸟爪
看时光沼泽之上，升起悬空房子
躲避毒蛇、猛兽和洪水的袭击

饭稻羹鱼。剩余的谷子
用来酿酒，再去幽谧丛林
追逐麋、鹿、野猪、四不像
用血和酒，祭献威仪的神灵、先祖

城郭高台，巫师的舞蹈通宵达旦
出神的时刻，众人纷纷化身为

飞鸟、羽人、游鱼、青蛙、知了
而有别于野兽,就得像野兽般吼叫

一代一代,化为地下淤泥、泥炭
男男女女,热爱黑陶器具烧制
在火光中认识晨与昏、昼与夜
让金刚砂专心于与玉石的拉锯战

传说有一天良渚人看见了龙
"见龙在田,天下文明。"
如果足够虔诚、凝神而细心
苍龙就在小小玉琮上显影

异象神徽,一双巨眼替虚空在看
横看山与水,纵观生与死
孩子气的刻画,稚拙的文字胚芽
在黑陶和玉器上显现、绽放——

一缕良渚曙光,照进南方的鸿蒙沉茫……

2020 年

玉　鸟

五只玉鸟，从反山飞向瑶山
飞向良渚遗址的水泽、祭台
与无人机结伴，飞过大片狼尾草
夕光中芦苇的蓬乱白发
水稻已收割，油菜就要种下
躬耕的剪影，亲切而遥远
仿佛来自五千年前某一天……

五只玉鸟，褐、青灰、南瓜黄
三只栖息于博物馆的幽暗
两只缀饰巫师的衣袍
衣袍成灰，玉鸟在灰中死去又活来
更多的玉鸟，变成玉璧玉琮刻符
鸟立高台，似人似鸟似灵
飞向玉鸟集"人"字形大屋顶

五只玉鸟,真与幻,有四个方向
另一个方向,飞向你,又弃你而去……

        2024 年

运河之岸

野花和芦苇,恋着运河
水草和浮萍,与时光纠缠不休

时光是一位中立者
运河之岸就是运河之爱

河水穷尽自己的旅程、远方
还有忽明忽暗的世代

人民在两岸劳作、住居
生生死死,生生不灭

2020 年

拱宸桥

灵魂的探照渴求一座桥
一个流水中驼峰般拱起的躯体

蚣蝮,镇水灵兽,似睡非睡
从它身边流走的不是废弃的光阴

南来北往的驳船,穿越薄墩三孔
满载运渡的时间、物化了的时间

两岸烟火气,生之明灭中,仍可辨认
修桥人连通此岸和彼岸的一颗善心

灵魂的探照需要一个南方
一颗北辰:"居其所而众星共之。"

2023 年

注:引文出自《论语·为政》。

运河一千零一夜

运河边坐着一群人
汉语中混杂阿拉伯语
还有曼冬、拉万的微笑
舒羽咖啡窗外,与你交谈的
是古桥、流逝和悲伤

芝麻开门,西瓜开门……
距伊本·白图泰七百年后
读一首夹在1984年版
《天方夜谭》中的
《雨中,燕子飞》
再唱一首亚洲腹地的《燕子》

……情郎失去燕子的悲伤
燕子飞越沙漠、草原的悲伤
一千个被杀无辜女子的悲伤
直到山鲁佐德的机智故事

一再推迟死亡的来临

"像快乐消逝一样,
"患难也要消亡。"
此刻,每一首失而复得的
诗与歌,也大约如此

     2024 年

注：伊本·白图泰（1304—1377），摩洛哥人，阿拉伯学者、旅行家，著有《伊本·白图泰游记》，于十四世纪中叶到达中国南方，说杭州是他"在中国地域所见到的最大城市"，"港湾内船艇相接，帆樯蔽天，彩色风帆与绸伞，相映生辉。雕舫画艇，十分精致"。诗中引文出自《一千零一夜》开篇《国王山鲁亚尔及其兄弟的故事》中的一首四行诗。

树上的男爵

树上的男爵
树下的流水和午宴

几个老头老太,一人一菜
拼凑一桌,外加两瓶绍兴黄酒

当河水的波光参与进午宴
就增添了它的在地性和戏剧性

抬头细看,男爵原是废弃的
中央空调和塑料管搭建的鸟巢

鸟儿回来了,鸟儿飞走了
超然世事,无视树下人越变越老

杭州和运河，只是一种象征
卡尔维诺的柯希莫和薇莪拉也是

2024 年

半山·立夏节

要找到杭州最古老的石头
就去半山——
那里有泥盆纪会开花的
石英砂岩

白栎、檵木丛中
因为儿时记忆的缘故
你被半个世纪前的蚊虫
又叮咬了几口

于是拾柴、生火,煮野饭
吃下青箬包裹的乌米饭
蚊虫们就悄然离开了
记忆像运河一样
又有了一个前行的方向

山有半座,又名皋亭

春秋修禊，补了另半座
娘娘殿、半山堂、钱镠题咏
山下寂静的肿瘤医院
与溪流、水库里的流云
构成另一种现在时
微微偏离立夏节的喧闹

不如爬山，半山再黄鹤
唱和、吟风，再望宸
燃烧身上的卡路里
不如放弃远眺
去称人、斗蛋、捏泥猫……

     2024 年

塘　栖

负塘而栖,莺啼花落
枇杷熟了,阴阳井,弄堂琵琶
一起弹奏细雨、和风

时光的一个停顿,在塘栖米床
七孔桥的流逝,有了七倍的慢
关于众生,关于苦乐
陈守清的广济,是普度的近义词

苏州已远,杭州很近
人间慈航,过塘栖
便是拱宸桥、武林码头
放下糖佛手、紫金锭
撑起一把缱绻天堂伞

远看去,仿佛运河之水

撑起了雨水的伞骨
天空低垂的廊檐和华盖

2021 年

无问南北

在临平,我愿意暂时
摆脱自己,用一棵老树的眼光
去观察生生不息的运河
例如塘栖枇杷、丁山湖枫杨
乔司古樟、超山的唐梅和宋梅
运命之河流走了太多的
时日与动荡、阵痛与喜乐
河面亲和,如徐徐展示的纸页
有几缕波光皱褶里的微颤
俱往矣定格为眼前一个画面
今古的纷纭已化繁为简
我相信树木亦如隐在的动物
遭受过种种不测和惊惶
所以愿意与之站在一起
它们的手足拥有禁锢的寂寞
它们的激动不会一惊一乍
它们的表情如同止水

正如超山——超越之山上
升起的亭与塔
在一种整体性观照中
我们将它们视作云朵的伙伴
而河流，则是天空遗失的镜子
土地的命脉，命脉的律动
"看"的瞬间，河水摆脱光阴之重
专注于此时此刻的流逝
无问南北，平静而沉着地……

      2022年

超　山

1.

超越之山，升起——
两百六十五米
谦卑，低矮
几乎匍匐在地

2.

梅花六瓣，似雪纷纷
落进吴昌硕的苍拙印章：
"明月前生"
"鲜鲜霜中菊"

3.

十里香雪海,练习
花蕾静静的爆炸术
一株唐梅和一株宋梅
像两个傲慢遗老
暗暗地,相互较劲

4.

新鲜的枇杷、杨梅
装上了船,驶过大运河
驶进江南孩子们
关于甜与爽的记忆

5.

登高,过十八只香蕉湾
长啸的虎岩,驻足
望海亭,眺望
河与海、城与远的苍茫际会

6.

内观,海云洞内
石灰岩的幽暗、翻云覆雨
消失的摩崖石刻显现
一点点明亮起来

7.

饭颗山房静坐
当思:粒粒皆辛苦
当效:一箪食,一瓢饮
在陋巷……不改其乐

8.

石笋峰与太阳殿为伴
太阳,从塘栖运河升起来
从临平奥特莱斯升起来

从王蒙的《黄鹤草堂图》升起来

9.

归来者,归隐于
天目之父的一个怀抱
百年向千百频频致敬
亡者不灭,与生者
共同加持这座——
超然与超度之山

2021 年

径山寺

"幸亏还有一个寺可以去……"
二月的梅花也是这么说的
山中只有竹子、茶树
梅花的短暂性点缀其间
这般简约构图,令人欣悦

大雄宝殿又名释迦殿
"正法眼藏"牌匾后面
是"度一切苦厄"
明代断臂铁佛,对应
宋代法师墨迹——"器宇"
拓片浅淡,"喝石"字样
对应隐藏起来的大喝石

"幸亏还有寺可以去……"
过年的青年,如过江之鲫
挤满城外的山路、寺庙

仿佛在躲避一头凶猛的年兽
"福""光明"等的卡通化
展示出汉字在今天的诸多变体

家,可谓另一个寺
所以诗人写下"书斋即旷野"
——出山,回家,进书房
继续读以赛亚·伯林的
《自由及其背叛》
读到"消极自由"四字
"每一个犹太人,
"有心安理得当犹太人的自由。"

2024 年

运河剪影

1.

混浊的运河上
运沙船吃力地航行

像一座移动沙丘
承载沉闷雷声

2.

一条河的法度
寂灭两岸风景

一条河的力度
勒紧逃离者一生

3.

入梅,雨水不绝
天上的水和地下的水
茫茫一片,混淆不清

运河水,懒洋洋躺在微波里
当雷声滚过河岸、田野、房舍
仿佛受了惊吓,水从水缸里
突然站了起来……

4.

孩子们扎下猛子,受惊的
花鲢和鲤鱼,跃出水面
老甲鱼爬到岸上纳凉
萤火虫飞来飞去,聚集到
冬羊草上,闪闪烁烁
装在瓶里就是夜读的灯盏

清明前后,油菜花明丽两岸
桃花,梨花,开了又谢
落在水面,缓缓飘走
一位老人坐在河边垂钓
半天不动,一无所获

一尊夕阳下的雕塑仍在垂钓
他有足够的耐心,钓起
一些落英、一点旧时光
也仿佛,能将小时候
两次差点落水淹死的我
钓到岸上,救活……

5.

头蚕罢,运河两岸忙碌起来:
麦子要掼,蚕豆要敲,菜籽要揉
水田要插……稻草人忙于驱赶麻雀

蚕宝宝,从竹匾来到厢房地上
蠕动变慢了——它在等待上山、结茧

而现在，还得警惕冬眠后饥肠辘辘的蛤蟆

忙碌，流水的仪式；噤声，并不意味着
乡音的懒惰、无力、瘫痪
半夜响雷、闪电，突然的暴雨
参与到我年少的体能和累趴下的秧苗

6.

从前，运河上的闸官、漕卒、船丁晓得
一条负重前行的漕船，对应天庾星
"天庾积粟以示稔"，舟楫往来
北上仓廪，承接星河碎银
即便一首哀叹漕运之苦的唐诗宋词
都有一个宇宙模型在建构、运转

而今，运河累了，天人早已分离
新的可能的诗篇，需要转身向内
去发现洪荒之水、沧海之粟

7.

河边有一棵老桂树
还有一棵枇杷树
构成一个儿童乐园

摘去全身沉甸甸
金灿灿的枇杷
肥厚的树叶
噼里啪啦地鼓掌

枇杷叶为何疯了似的鼓掌?
因为闷热、懊恼的风
还是无果一身轻?

8.

一位老人
在河边桑树地里割草
我问:是给湖羊吃的吧?

他纠正道:给我的咩咩吃!

9.

我梦见我赤身裸体
走向平静的运河
怀抱一颗盛夏之心

我梦见我溺亡于运河
一个水鬼兼木乃伊
开始用瑟瑟枯叶说话
也用低低雷声
滚过水与沙"两个故乡"

10.

退藏于密
退藏于一滴运河之水

一滴故乡水,打开近和远

以及,绵延不绝的万古江山

像一位久远的逝者
我不在水色中显现一丝涟漪

11.

我从运河边
拆迁后的宅基地上
拉来一车泥
又在村里找到几种野花
种在盖房用的几块空心砖里

野花种活了
仿佛新居有了根基
仿佛我,再次续上
中断了三十年的故土血脉

12.

收割后的油菜躺在河滩上

五月的雨水和艳阳,两种裸晒

线形果静静爆炸,射出须弥介子
草本,花泥,未来油脂的混合香味
一次次打开贫寒、寂寞的早年

河水浑浊,如初榨油的滞缓流淌
但足以让我辨认自己混沌的起源

2021 年

太　湖

浩渺，荡漾
这一滴江南之泪太大啦

也许是来自以太的陨石一击
留下的恶作剧水坑
太湖了，所以又名震泽

震卦之泽
震旦之泽

——水天一色
色，随烟波缥缈、消散……

像芦苇，这些原住民
在水中正念冥想
你正可以坐在静静湖岸

观空——

2020 年

骆驼桥

向东,湖州城外
钱山漾地下幽冥世界
碳化的丝,桑园,孤独的高秆桑
淤泥里不腐的檀香木……

向西,骆驼的肉身已是合金
从荒寂到繁华
一条黄沙路似乎没有尽头
仿佛你凌乱一脚
就踏入了西域的隐喻

水的高处在仁皇山
譬如枝头的柑橘和柚子
富氧的雪溪之上
石头和水泥的骨架也会颓丧
骆驼桥,只是一个水乡隐喻
一次与远方的对话和关联

雪溪的湿，一滴滴注入远方的干旱
而漫漫黄沙，总是梦里相见
溪流会合，来自蓊郁群山
在大平原，绵长、蜿蜒
如一束惆怅的生丝

骑着波峰的驼背，这心灵的
雅丹地貌，一路向西——
远行者已是他乡故人、故乡异客
在丝竹和隐约的胡乐中
一再默祷：
此岸，彼岸；彼岸，此岸
揭谛，揭谛，波罗僧揭谛……

2021 年

吉美庐

桂子落空坛,落进古老的石臼
幽谷的静,笼罩,弥散
竹园,溪流,交叉小径
都是冬日暖阳明晃晃归来的理由
在英英相杂的植物帝国,我们甘愿小于一

南烛已稀少,乡音夹杂南腔北调
南天竹果子,依旧珍贵如红彤彤玛瑙
阿萍的乌米饭,阿芳的青团子,阿彪的杀猪菜
几种乡愁会聚到热气腾腾的八仙桌

从吴均赞美过的石门山
到我们将要述说的钱坑桥
世界在吉美庐,有一个停顿
好伙伴的年少时光,仍在翻山越岭
像风一样,穿梭,奔跑……
相框里的父亲,并未离去

英俊，年轻，名字里包含吉祥

需要我们仰视的枯枝，融入一片安吉蓝
围着糯米和黄泥的火炉坐下
围炉者皆为兄弟姐妹
饮茶，寒暄，或默默无言
再添加几块松柴吧，火是香的
让我们持久凝视火焰，直到看见
丝绸的狂舞，火焰的豹纹
自己心中涅槃的凤凰

2021 年

驶向弁山

——赠施新方、林妹伉俪

太阳,一枚恐龙蛋的蛋黄
从弁山的剪影里落下去了
水域浩渺,起了微颤和波澜
好去接迎鎏金的夕光

墓园里的瓦雷里没有错
大海,一个屋顶,升起白鸥之帆
而溇港太湖,在傍晚微微弓起背
如灰瓦和鱼鳞的绵延不绝
喜鹊的老巢在水杉上越筑越高
鹧鹆,银鱼天敌,乐水仁者
太湖的迷藏大师,在屋顶
一再掀起不易觉察的古老浪花

我们从皮鞋兜68号出发
驶向菰城郊外的太湖山庄

如蚕豆与小葱的清明之花
驶向王蒙的《青卞隐居图》
国平说得对，人到中年
你仍拥有儿时的万亩波顷

一个誓愿傍依八百里太湖
老宅基地上的书院就要建成
一只青螺壳里的道场
需要借取化险为夷的疾病
青春期摇滚和恐龙般的万古愁
再一次重建自己内心

     2021 年

注：弁山，又名卞山，江南名山，位于浙江湖州。元四家之一王蒙的《青卞隐居图》是其代表作。

疯子船及其他

最早沉下去的,是疯子船
连同梆梆作响的竹杠声

然后消失了网船、彩船、拳船、
乌篷船、虾笼船、放鸭船、
踏自船、娶亲船、摆渡船……
旋涡哽咽,带走几只
晕头转向的菱桶

大驳船,吃力地开过来了
载一船水泥、沙石、砖瓦
也为我们运送
雨水、雷声和闪电

……似乎运河也要沉下去了

桑园、香樟、桂花树升起来了

枇杷和油菜,已做好越冬准备
我儿时手植的一株水杉树
高大挺拔,与高压电网的铁塔
看上去像一对孪生兄弟
这是我,必须认领的故乡风景

河水很浑,凝滞不动
水葫芦疯长,腐烂
一只白鹭,贴着水面
低低地、缓缓地飞
展翅的白,变得越来越白

清明过后,河滩上油菜花
像暖阳里的好心情,熠熠闪耀

2020 年

注:疯子船,从前江南水乡麻风病人居住的小船,是一种隔离行为。

白　鹭

三只白鹭站在龙头桥墩上
激流里一动不动
我以为是三个新塑的雕像

白鹭飞起来了
舒展，优雅，比白纸更白
波光里翩跹的倒影
几乎遏制了下午的流逝

它们停在一棵古柳上
用长喙细细梳理自己的羽毛
好像它们刚在河里洗过澡

运河畔长椅上
白鹭的粪便比白鹭更白
仿佛一位漆匠留下的痕迹
一对亲热的情侣

坐了一下午,刚刚离去

岸堤上有许多比白鹭更白的粪迹
斑斑点点,干干净净
我把它们看成
白云的涂鸦之作

      2020 年

关于水的十四种表达

1.

三十年干旱西域
运河一直在你身旁流淌
——这昼夜不息的运命之河!

2.

神话将黄河源放在塔克拉玛干
地理学又将它挪移到青藏高原

3.

水有两种滋味:咸和淡
水有两副面孔:浊和清

4.

对一缸浑水不停地低语:
我爱你,我爱你……
水,慢慢变清了

5.

芥子须弥:
H_2O 中的一片汪洋
夹在字母中的"2"

6.

哦,杂沓的春天
雨水,白银闪亮的脚踝

7.

一个人身上
有全部积攒下来的苦水
一个人影的恍惚中
水在晃荡、行走

8.

雨下个不停
最小的雨滴,孤单地
站在庄家村的芭蕉叶上

9.

家乡的白鹭越来越瘦
不是为了顾影自怜
而是为了与水面
形成一个优美的"十"字

10.

穿过你的黑发我的手
穿过你的火焰我的河
——水在燃烧!

11.

西域以西
一江春水向西流
运河之东
滔滔江河复归于海

12.

"江河水赤,名曰泣血。
"道路涉骸,于河以处也。"
博物的晋人深知这一点

13.

去改造荒凉吧——
将一条河,像蛇一样
提溜进沙漠

14.

一切都散失了
只剩下了:水与沙
帕斯称之为"两种贫瘠的合作"
和"强盛"

2021 年

注:引文出自晋代张华的《博物志》。

暴雨已至

我们在暴雨中插秧、割稻子
抓住的野鳝、泥鳅,挣扎着溜走
一截截或长或短黏糊糊的时光……
"在沙漠里生活了这么久,
"你还会游泳么?"
湿透的行人,怀着莫名的哀伤和兴奋
小心蹚水,提着一双多余的鞋子
跌倒,又迅速爬起
下沙暴雨,海宁中雨,桐乡小雨,练市无雨……
就这样,仿佛一步步登上了
解救的台阶
"雨,再下下去,
"天就空了,旱了……"
而下水系统的脆弱和失败
配得上我们在人间遭受的一切苦厄

2021 年

银杏长廊

银杏树的壮丽一瞬
如初冬突然的歌剧院
歌剧院里的交响乐和男高音……

叶落缤纷,树与树疏远了一些
一棵、两棵、三棵……孤单的
灰褐色树干,近乎空寂
近乎生铁的冷心肠

昨夜有雨,一地落叶黯然了
看上去都化作了泥浆
仿佛黄金只拥有某个瞬间
仿佛黄金也在某个时代腐烂

"白果虾仁来喽——"
小浦饭店的侍者吆喝道
这又苦又糯的果子

值得细细品尝

食客低下头——
是孑遗品尝了孑遗

2020年

顾渚山下

芭堤雅不在泰国，在中国江南
秋阳多么纯良，照耀山居好心情

湖畔：两个石臼，一堆石础
窗外：茶园、竹林和五代同堂的银杏
银杏果用来炒菜、煮粥
铁锅里，旺盛的柴火炖着土鸡
秋虫阵阵低鸣，增添一种世袭之静……

芭堤雅在江南顾渚山下
陆羽曾在这里写下：
"茶者，南方之嘉木也。"
其芽涤凡尘，名为紫笋
银瓶储水，带一壶金沙泉同去长安……

当我偶尔到达，仿佛从未离开

恍然间感到还有一个我

在此出生、成长，静静老去

2020 年

德清,见山庐

——赠慎志浩

春笋的鲜嫩配得上
一条咸肉来自腊月的耐心
持久的阴雨之后
白云已在对面山坡漫步

红柿子到九月就疯长
树身总是不堪重负
摇一摇,让果实滚进深秋
就像你放下一座图书馆的重
开始关心节气和菜蔬

初春之夜依旧料峭
那就围着火炉读诗、饮酒
火光映照一张张亲切的脸庞
而写在炉壁上的一百多个名字
——一百多种命运和远方

每添加一块劈柴
就天涯咫尺地拥抱一次

2020 年

莫干山,红豆杉王

山坡上升起一棵树
一棵植物世界母仪天下的树

它从一粒相思红豆中升起
也从南路、碧坞、仙潭
三位一体的词源与命名中升起

石头,还在莫干山静卧
竹林,挺拔着枯荣
溪水跌宕,丝一样流过
仿佛来自每个人的源头
红豆杉千年的倾听
便有了星空梦幻的耳郭

谁也活不过这棵红豆杉——
风景朝圣者蜿蜒前行

缓缓走向外王内圣的树

——一棵内心史诗般升起的树……

2022 年

安吉的柚子树

一月,北风一阵比一阵凛冽
橙黄的柚子滚落一地
有的饱满,有的碎裂,有的受了轻伤
布满黯然疤痕,厚皮也变得果冻般柔软

柚子滚动,走远了,仿佛去了海角天涯
没有一阵和风,将它们
送回山谷苍翠的怀抱
但在我的祈愿中,每一只柚子
都落满梅花、桂子和迷迭香

像幼者、贫者、弱者、老者……
每一只消失的柚子
各怀各的酸甜、苦涩和心思
驶离故土和星球

而树,依旧是尚未解构的世界中心

倘若我是安吉深山一株光秃秃的柚子树
在一阵紧似一阵的北风中
就能体验众多柚子,不,众多他人的体验

2021 年

无尽夏,姐姐的绣球花

1.

从暮春到夏秋
这段漫长的怒放时光
可以编入虎耳草目

内心的因与果
就像土壤的酸碱度
决定花朵的颜色:
白、蓝,或粉色

在南方,和风赠送细雨
愁肠却一再被修改
雷声和闪电
则是萼片中的错愕

"从人群中分离出来,

"终于和自己在一起了;
"唯有一缕隐约的芳香,
"可以治愈残余的孤寂。"

绣楼小姐也是现代派
一把美人扇留住流逝
一只心跳般的炽热绣球
如何击中远方的滚滚雪球?

古与今,如东西难辨
花与魂,自有亘古乡愁
如果明尼苏达即"北星之州"
无尽夏,就是"有限秋"

2.

天瓦蓝,空气通透
姐姐种的绣球花
红、粉、蓝,色彩缤纷
送我一个无尽的夏日

"我用十岁以下男孩的尿来喂养,
"花儿们喝了高兴,长得好极啦。"

想起小时候,男孩们排着长队
每天早晨,贡献一泡还元汤
为村里的肺痨患者治病
后来,病人还是死了
童子尿回天无力

绣球饱满,充盈无尽之夏
仿佛它们再也不会枯萎、凋零
姐姐的纯阳之花
开放在湖州:赵孟頫的"水晶宫"

"男孩子满月清晨的第一泡尿最好,
"但是太厉害啦,不小心就会杀死绣球花。"

2021 年

凤凰桥

——赠舒航

唐代薜荔,我一度认作
尚未成熟的西域无花果
枝蔓繁茂、纠缠,得益于
古典的水泥:糯米和蛋清

拆!还未等到一只凤凰莅临
拆!他们拆走的好像不是石头
而是一堆塑料和泡沫
蚕匾里芦花公鸡的
祭祀,也可以省略了

1987,我和你在桥上的
瘦照片,已找不见了
丢失的还有你的博士女友
只好借酒浇愁,吃一盘羊杂
干掉几瓶所谓的运河小茅台

愁到深处，死去的阿锄也回来了
坐在我们对面要了一瓶
我爱听他的公鸭嗓子
爱他嘴里滔滔不绝的博尔赫斯
那难道不是凤凰啼血损坏了的？

拆！古桥消失，流水之上，空
空空如也，也是一份熟透的真相
逝去的先人，星夜里咳嗽着
依旧脚步杂沓，来来往往……

      2020 年

注：凤凰桥，湖州练市镇东栅的一座古桥，建于唐代。阿锄，原名陈夫翔，湖州诗人、小说家，2014 年 2 月 16 日凌晨在家中自缢身亡，年仅 49 岁。

冬夜垂钓者

神是一位乡村会计
在统计第二个冬天的疫情和死亡

烤肉师已化身垂钓者
坐在黑咕隆咚岸边,像打坐人
被夜色和冷霜,同时击打

他放出一束蓝光,用来吸引水族
幽幽蓝光,仿佛来自科幻片和灾难片
而在白昼,浮云和繁花
一度是他的试探者

水世界的疫情由来已久
水,一个系统,困住鱼的睡眠和苦海
一个流水与波澜的系统
在缓缓运转人间的铁板系统

神是一些腊八的霜雪
落在垂钓者的雕像上
钓不到大鱼，钓不到小鱼小虾
他只钓起一些冰碴、几只河蚌

——空空的河蚌，紧闭着
春天、闪电和响雷

2021 年

蚕 茧

抑郁在吐丝
建起一个椭圆形蚕茧
茧子的囚室
螺蛳壳里废弃的道场
茧子的铁壁
将世界隔绝在外

蛹,消瘦、憔悴了
痛失化蝶的未来
变成起娘、瘪娘、离娘……
还要回到"四眠五龄"
沙沙沙,沙沙沙……
像熊猫剥笋
爱上桑园的寡食性

但回不去了。抑郁的
一头雾水、乱麻和混沌

病去如抽丝

那么就抽丝吧

抽丝如温柔的拆迁——

蚕茧,世上最小、最弱的拆迁户

一个茧子的解放

就是一群蚕蛹的重生

三千茧子之丝

从江南到达西域

六千茧子之丝

从长安到达地中海

2020 年

注:起娘、瘪娘、离娘等,都是病蚕的名称。蚕为"变态昆虫",卵—幼虫—蛹—成虫(蛾子),一个轮回,共46天。幼虫期,即我们称为"蚕"的时期,有28天左右,共蜕4次皮,每两次蜕皮之间的生长期为"龄",故蚕有"四眠五龄"之说。一个茧子的丝约有1200米长,故约3000个茧子的丝可以从"世界丝绸之源"的湖州到达新疆,6000个茧子的丝则可以贯通从长安到地中海的陆上丝路。

童年的时间

——致奥尔加·托卡尔丘克

我参与雨水的时间
雨水在桑园里原地团团转
时间是肥嘟嘟的木耳
比地衣的颜色要淡一些

我参与一只石臼的时间
石臼太重,无法挪动一步
它收集足够多的雨水
托起几朵浮萍的时间

我参与一只旱鸭子的时间
时间是摇摇摆摆的画面
鸭子停下来,久久凝视着
为了不让这些景致轻易溜走

我参与桂花树、苦楝树的时间

落下来的是星星碎了的小花
砸向脑勺的果实的小石子
时间是香的，也是涩的

我参与春雷和闪电的时间
闪电累了，像冬眠的蛇
静卧杂草丛中，不愿醒来

我参与一座村庄古老的时间
只有村庄之内：一盘石磨的转动
没有村庄之外：一个世界的混沌

      2020 年

晨 摄

晨摄,遇一群母鸡
名叫黑牡丹
由苦楝果和腐烂柚子
喂养长大

当鸟巢开花的时候
一棵水杉快要死了
油菜花,这些金色补丁
仿佛燃烧在去年此时

一座塌了的石桥
曾经通往对岸外婆家
它的颓丧模样
实证"普度"的匿迹
和缺席

晨摄,遇一个瘦男人

专收女人的长头发
而我，只顺手
掐了菜园里一把小葱

"摄入……影像占有欲
"似流水不可留驻。
"镜头向外，转而向内……"

我给早起的老灵魂
喂了点稀饭和葱爆鸡蛋

2023 年

世界拥有许许多多视角

世界拥有许许多多视角
——万物心愿的编织
因此,不必局限于
一个闪烁不定的"我"

去年的一群漏网之鱼
游过今年的运河
浮萍、垂柳和鱼钩
都看见了它们
从虾的角度去观察
河蚌是一座座
深陷淤泥的城堡

我和母亲给死去的亲人
做好一桌清明晚餐
大花猫在门口打滚、开心
南来北往的先祖们

也定然看见并路过了
这个乡村表演家

油菜花很快谢了
四月的雨水不多不少
雷声滚动，时远时近
而闪电，则保持着
狂暴之神与大地的链接
对暂居者的长鞭
和瞬间凝视

    2024 年

荻港夜话

今夜,乡村教母
诞生于荻港鱼塘
身后随一群水的丫鬟
今夜,她们乐意窥见:
鸳鸯——浮游河面
睡莲——静卧泥潭

在荻港,波光涟漪
替她们喜悦或悲伤
她们像水一样流淌
完成对河道的逡巡
对淤泥的立法三章
微风,柳絮,树影
一轮若隐若现的弯月
也属于母系的管辖

多么辽阔的世界:
——女人和男人

多么俗套的比喻：
——水做的和泥做的
淤泥连同浮萍，在流亡
有时把自己浸泡桑葚酒中
有时抱住一株芦苇倾诉
仿佛要给水的统治
制造一点意外和乱子
注入诗的德性和微澜
荡漾成戏剧的尾声

需要寻找一些词的借口
去完成没有剧情的相会
今夜，望月的人无所事事
月下风餐的人无所事事
远道而来的浪子无所事事
这很好，去独坐、喟叹
细察内心苍茫一幕
就像暮色笼罩的苔溪
正为一群男人和女人
体内的水土流失吟哦不已

2020 年

旧 馆

旧旧的忧伤
旧旧的江南

怀古、悲情、阴郁、
忧惶、凄清、幽闭、
凋零、废弃、追忆……
都在一个旧旧的"馆"中

它是隋唐驿馆的别称
旧年的堆积与物化
一个过去时,一具词的空壳
装满时间碎片、情感百态
一部消逝的乡村史

每一个遇见它的人
仿佛遇见匿名的旧我
仿佛自己很久以前

曾在这里逗留过、徘徊过

——或者,以亡灵的身份
世居至今,繁衍至今

    2023 年

戏剧凿空乌镇的雨天

戏剧凿空乌镇的雨天
如幻似梦,如波涛剧场里
红与黑的角力和博弈
再摇船将水乡哈姆雷特
送往舞台高处的高原……
疾走的青年,深夜席地而坐
夜游神魂灵归来,肉体出窍了
摇曳、盛放、勃发,成为"茂"
戏剧之真是临时的脱逃和隐逸
如乌镇一张巨大的蚕匾
收留吐丝或僵死的宝宝
使时间短暂地离场
而被耗损的现实的不真实
可安放人间哪一个剧场?

2021 年

濮院，一种看

在濮院，穿毛衣的树和柱
看见墙上美人儿低吟浅唱：
"红衣是少女，双子走何处？"

八百年过后，雌香樟看见
雄香樟巨冠脱落，枯萎了
为了仰望一座重建的高塔
她从泥里轻轻踮起脚尖

古桥，石化了的普度
此岸与彼岸，脚步杂沓
心事与心事的辨认
如同看与看的链接

元代诗社留下一堵残墙
群与不群，观看与观念
吉祥鸟在苇丛里争论不休

而黑天鹅于黑夜的看
并不为我们所知
更像流水和飞羽的
反观——时光之回旋、停顿

超现实主义禅寺
三尊石佛,端坐雨中
看见工人和机器在忙碌
寺的最后一堵高墙
将在雨季之后建成

     2024 年

缘缘堂

一扇焦门与高大的芭蕉为伴
蔷薇和樱桃,遵循时令变幻
爬山虎密密匝匝,在墙上漫画
绕过窗明,以便留下几净
留下先生的意趣和风格:
高大,轩敞,明爽

作为劫难、毁灭的遗物
和证词,堂兄保留下来的
焦门,令人驻足、凝视
它敛藏了炮火、滚滚硝烟
七个省份、三千个日夜的
颠沛流离——"艺术的逃难"
但,先生的逃难只有一个方向:
大运河,石门湾,梅纱弄8号

与弘一抓阄得来的两个"缘"

建筑的复活,一种内心重建
温润之江南最后退居的堡垒
"我不给你穿洋装,
"而给你穿最合理的中国装,
"……故你是灵肉完全调和
"的一件艺术品!"
当"灵的存在"再次显现
即便秦始皇拿阿房宫来交换
子恺先生说也决不同意

当"灵的存在"再次显现
字里行间,画里画外
是对人间万物的悲悯、怜惜:
农民、小贩、村妇
酒鬼、赌徒、乞丐……
他们的形象一再替换言辞
还有无处不在的孩子:
把新鞋穿在凳脚上的孩子,
将两把蒲扇当脚踏车的孩子
哭嚷着嫌花生米不够的孩子
……

石门湾,古吴越边界
曾有一个安妥孩子们的
"理想国",三开间避难所
庇护好真、乐善、爱美的天性
冬日里,陪伴他们坐到深夜
火炉上烘年糕、煨白果
直到北斗星转向东方……

在缘缘堂,一扇黑焦门
提示你:一个"老儿童"
他的温暖慈悲,没有离去

2024

西　塘

银嘉善，西塘之暗
可藏碎银，藏一条摸奶的石皮弄
和苇丛中昼伏夜出的太湖强盗

暗和银，小镇哲学
散发芡实糕、小馄饨的滋味
富人们忙于藏银，穷人的
好心肠，露出憨厚的笑

再藏一部《碟中谍》
汤姆·克鲁斯，在蜿蜒廊棚
一把江南最长雨伞上
疾飞如电，像发情的公猫
将瓦片弄得稀里哗啦

银，石桥上雨水密集的脚步
老宅抽屉里遗忘的一对玉手镯

驳岸的波光,石臼里
渐渐暗下去的天色

暗和银的水墨,在西塘荡漾
翻过柔软一页,到达罗星和合
大雨滂沱,抒情泛滥
就那么轻易地抹去
1961年的饥馑和苦难

      2021年

鱼鳞塘

——赠李平

淡的河水,咸的海水
在鱼鳞塘激荡、交融
一位瘦少年,将它
视为内心的丘壑

——潮涨潮落
只为浇灌世上的块垒

过江之鲫,如少年
和他的一群梁山伙伴
如城市街头的我们
拥挤,孤单,恩爱

死去的沙蟹已有几代
在塘底闪着幽暗磷光
傍晚时分的鱼鳞云

也逃不过东海之滨的
鱼鳞塘

——少年们晓得
只要找到一个出海口
就能得到一船
晶莹的海盐

鱼鳞塘没有尽头
鱼鳞塘只有开始……

    2020 年

寻访干宝

四个志怪男人
出现在潋东村铁塔
和呜呜作响的高压线下
稻田、农舍环绕的孤山
轻轻晃动,忽地矮了下去

遇一个水塘、一座废庙
鸭群里一只器宇轩昂的白鹅
一对卖橘子的姐妹相母女
过公路,拐弯,前行
茅草和芦苇湮没山下小径
一枝黄花为我们指点:
一小片橘子林,坐东朝西
在午后暖阳里明晃晃的
那里,葬着尸骨无存的干宝
魔幻现实主义文学鼻祖

四个志怪男人
坐在渐长渐高荒草丛中
用海浪的舌尖和味蕾
品尝甘甜的海盐橘子
低下头,如咽海上月光
如读旷世的《搜神记》

"葬老父于青山之阳,
"背对远在天边的新蔡原乡;
"葬儿孙于青山之西,
"看南北湖桃花、梨花、枇杷花
"于辛丑秋日纷纷绽放……"

2021 年

杭白菊

蒸熟的花朵和凋谢的花朵之间
隔着两种死亡
而胎菊,对此一无所知

出售一些死亡花朵
换来萝卜干、豆腐乳
中华牌铅笔和一小块橡皮

那是起早摸黑的母亲们
从田埂、桑地、烟熏火燎灶头
用日复一日的疲惫赚来的

秋深了,花瓣上露水重了
你和一朵静静开放的杭白菊之间
隔着一个霜打过的世界

用老橡皮轻轻一擦

就消失了——黄菊花、白菊花
又回到它苍老而倔强的宿根

        2024 年

愤怒的甲鱼

嘉善三日,我听到的最好一句话
是一位编修方志的老先生
告诉我的:藏六如龟
眼、耳、鼻、舌、身、意六根
需要一座龟壳之城
隐于其中,慧与魔战
则宁息、无患

穿过姚庄渔民村一片橘树林
到池塘边,看人钓甲鱼——
带铁钩的抛物线抛向远远的水面
抓住一些涟漪、一个潜伏者
潜伏者出水了——
被钩住裙边的甲鱼在空中狂舞
伸出龟头龇牙咧嘴
它的痛苦和愤怒
无声咆哮……

"藏六如鳖"？修辞的转化
却意味着一种不可能性
因为鳖壳不是龟壳
裙边过于柔软
严光不在了，而稳坐的
垂钓者，不断到来
并且无处不在

在姚庄，一盘清蒸甲鱼
端上诗人们的餐桌
食者若有所思
地名学的教诲"藏嘉于善"
我们每天的水乡"面壁"
还有一座明晃晃的橘树林
竟变得如此遥远……

2023 年

吴越站

桑园,稻田,运河……
大地被流水摆平了

流水送流水,送黄酒、酱蹄
一束生丝,缚住浪子心

逝去的越境者,卧薪尝胆
或怀抱美人不爱天下了

锋利或慈悲,如鲁迅、丰子恺
水乡两颗跳动的赤子心

奔驰——从南浔到震泽
从"塞纳左岸"到"罗马假日"

一个急刹车,在吴头越尾停住

育邦说:"吴越站到了!"

       2020 年

注:吴越站,与湖州南浔毗邻的一个古村。

河边偶记

1.

故土兼具"坟墓"和"摇篮"
游子离乡、还乡
脸上有丢失的时光
和淡泊的经验
——从一滴"水"出发
经过漫长的"沙"
再回到浩渺之"水"……

2.

出生地：庄家村
行走在穿村而过的运河边
忽然有了一个发现
东西：江南——西域

南北:南国——北土
命运的两把刀:水与沙
已在我体内,刻下
一个大"十"字

3.

河水的肮脏已熟视无睹
只是当化工厂污水再次渗出公路
他们又再次心惊肉跳起来
新人代替旧人,一茬又一茬
但看上去比旧人更旧
麦田黄熟,塑料袋代替了稻草人
这大约也是"现代性"的一部分

4.

她是村里聪明伶俐的老太婆
喜欢探访别人家的苦难
同时送上香蕉和廉价糕点
一上午,她去了癌症患者家

中风半瘫的人家和抑郁症患者家
嘘寒问暖,倒卖鸡零狗碎的消息
回到家,老太婆明显感到
自己的苦难减去了不少
衰败的精气神又提起来了

    5.

一早的太阳陷入天上的泥淖
泥淖,则潜伏在地下的光里
鲳白条跃出水面,凭空呼吸
高压线在醒来的水面战栗、变形……
老面馆里,熟面孔的几个本地人
用越剧的腔调相互招呼、说话
柔声细语中,纷纷昂起
此地闻名的"硬脖子"

    6.

我常想起早年诗友阿锄的话:

"因为悲伤,只能睡觉。"
我在新疆给湖州乡下的他打电话:
"阿锄,你最近在干吗?"
"等死。"他在电话那头说
后来,他失去了"等死"的耐心
选择用一根麻绳将自己吊死
认定死亡才是没有痛苦的故乡

  7.

在我的乡村记忆里
"春蚕到死丝方尽"后面
不是"蜡炬成灰"
无泪,亦无"泪始干"
而是妇女们笑眯眯炒制蚕蛹
加一点点油、一点点小葱
以补充被日复一日劳作
掏空的、快要成灰的躯体

      2023 年

第三辑
韵·钱塘江诗路

钱塘江

潮水如十万骏马
咆哮着驶向章鱼和巨鲸的墓园

月亮与大江旷日持久的角力
快要解开地球淤泥的绳索

    2020 年

古海塘

这样的鲁莽、冲撞、狂吻
潮水的嘴唇疼吗?

海塘的一头雾水和懵逼
比时间的暗要湿一些

——近乎自杀式的瓦解
水,满世界在找沉没的牙

然后重组、振作,
弓起脊背,又一次开始——

条状石,木桩石,鱼鳞石
竹笼里失散的乱石头……

注:本诗最后一句化用陈东东的《点灯》。

据说是月亮在指挥潮水
让盐把它的灯点到石头里去

  2022 年

义蓬大坝

杭州湾,一只巨型喇叭
对着大海吹奏咏叹调
命令回旋的台风
重返太平洋的苍茫无涯

一场钱塘的桂花雨
一次秋日的馈赠
微澜将它们推送给江涛
和永不止息的浪

潮汐,一寸寸上升——
倒灌进消逝的时日
内心的沧海与桑田

一位老者,石头似的
坐在义蓬大坝上
反复默诵彼岸诗句——

"我在你身上看到了那个注入大海时
"宏伟地扩张和舒展自己的河口。"

        2022 年

注：引文为惠特曼晚期诗《给老年》。

凤凰山

五代十八罗汉
安上一千年后头颅
三石佛面目全非
石头的衣带和璎珞
像游蛇,钻入荒草逶迤而过……

逃亡的皇帝来自北方乌云阵
苦寻一株栖身的碧梧
依稀可辨卧醉石上苏东坡:
"有道难行不如醉,
"有口难言不如睡。"
而狐疑的"忠实"二字
其语义,至今下落不明

怪石玲珑,远峰叠嶂
沿薜萝小径,恍惚到山顶
三十亩女校场,嫔妃们的操练

武艺和花事的喧嚣
统统散尽了……

月岩疯长,叩问镜中阴晴圆缺
一池一井,俱已干涸
一江一湖,却尽收眼底
西子,如入眠的摩登裸女
沧海,似前景的茫茫浮瀛……

      2022 年

德寿宫

瓦当,玻璃后的悬空
一张萌呆的兽脸
含有抽象花纹的笑意

木头烂后,金砖碎了
皇帝死后,宫殿倾了

战书与降书
纸上涌动的云烟
博弈、呼号、呐喊
一阵风里就散了

在朗读《满江红》之前
请先唱一曲汪元量的哀歌

残余的础,重的休止符
游离于数字的戏法

唯有沉默无言
不辜负腐烂与新生

去认领一棵包扎起来的树
认领一树怒放的梅花
也就认领了我们的此在
和古老的彷徨

    2023 年

西湖:水上剧场

水的道场,细看波光涟漪
原是上演人妖恋、人鬼恋
的水上剧场

白蛇爱许仙
就是十度的体温
爱上三十七度的身子
是冷血换成了热血
于是,镇妖入塔
——雷峰塔倒了
雷峰塔又建起来了

湖山此地,曾埋玉
风月小小可铸金、铸银
尔后,铸铁、铸陶吧
落魄书生,携一把天堂伞
提一只易碎的小瓦罐

蝴蝶成双成对
飞过苏堤、白堤
飞过里湖外湖、三潭印月
飞入南山万松书院
梁祝苦读《庄子》，提前梦见
七个坟墓的化蝶之舞

阴阳两界，爱恨情仇
风烟俱尽，山水亘古

背对西湖，依旧是
红尘、车流、行人
依旧是钱塘潮涌、丹桂飘香
仿佛法海的螃蟹，仍在
雨水和淤泥中，霸道横行……

2020 年

注：据说从浙江到山东，全国现有七个梁祝合葬墓。

断桥夜谭

身后的宝塔依然孤峭
像吴越国一柄锈剑刺破夜色
人妖之恋,早被对岸新建的雷峰塔
再一次降伏、终结
吉事尚左,凶事尚右
左岸魅影与右岸群山却吉凶难辨
当霓虹与至暗互为镜像
它们可能就是各自神往的乌有之乡
哦,众生,烟霞,雾障
一池湖水跌落下去了
张岱梦寻,熏风至,西湖即酒床……
断桥不断,情侣们隐约出没
穿戴古老戏装
向苏小小坟冢而去了
依偎者,春寒之手料峭
渐渐松开,各归其所
唯余波光里的叹息和碎碎念

我本是一分为二之人
就像这个夜湖,有里有外
本是一分为二的一体
倘若主客冥合变成分离癔症
生死,也只是身外之物

      2021 年

剃度记

放下美人、戏装、虎啸……

倘若西湖是一座水寺院
那就放下西湖之外的世界

放下西湖以西大慈山、白鹤峰
放下山石之重、生命之轻
如放下一丛青丝恨缕

寒风飞雪,虎跑定慧
茂林修竹,秘而不宣

"生命是一袭华美的袍,
"爬满了虱子。"
虎跑没有过冬的虱子
只有一口古泉
汩汩流向正月萧瑟的茶园

哗——
他脱去了浮云
和全身附着、积蓄的繁华

哗——
弘一脱去了李叔同

2020 年

注:引文出自张爱玲散文《天才梦》。

故　居

绿林繁花深处
园中之园的蒋庄
三幢中西合璧的小万柳堂
一处唯心主义建筑？

唯心之造诣，艺就是经
正如湛翁大师所言
六艺之道不能外于自心
唯有指归自己一路是真血脉
"天地一日不毁，
"此心一日不亡，
"六艺之道亦一日不绝。"

引进《资本论》的人
为《护生画集》写下
惜墨如金、字字珠玑之序：
"圣人无己，靡所不己。

"情与无情,犹共一体。"

苏堤映波,花港观鱼
胖的雷峰塔,瘦的保俶塔
草木、花鸟、游船、行人……
都在西湖景致的有情和无情中
它们/他们,不是别的
正是一颗颗心的显现和证词

2023 年

注:马一浮(1883—1967),幼名福田,后改名浮,字一佛,后字一浮,号湛翁。浙江绍兴人,中国现代思想家、诗人和书法家。

宋韵·界画

持墨者,在墨绳上跳舞
脱下镣铐,跳到木头
和一片原始森林里去
盖房人,以为手舞足蹈够了
于是界尺引线,立下规矩
但白鹤、游鱼、草虫
依旧执拗,一再突破自我
冲出画地为牢的界画

2021 年

梦粱录

吴自牧,钱塘人,生卒不详
死后不知葬于何地何方
爱看飞燕引雏、黄莺求友
游历西子湖畔梵宇琳宫
观察湖山、节气和习俗
仰慕老太守白乐天、苏东坡
崇拜孤山上梅妻鹤子的林逋
回想起钱镠功绩万般感慨
但不知其曾与谁人唱和
每天早晨,出门看见七件事
柴、米、油、盐、酱、醋、茶
爱吃,善饮,逛烟熏火燎夜市
熟悉城内大大小小各个酒库
脱口便能报出三百多道佳肴
酒肆里喝过蔷薇露酒
吃过鲈鱼脍、烂蒸大片
再去朱骷髅茶坊喝点雪泡梅花酒

有时要杯葱茶、盐豉汤解解酒
有时去花茶坊学学乐器、会会佳丽
有时又贴着吴山、凤凰山墙根走
小心翼翼,好像墙内藏着饿虎
一次午睡,临安物事和个人生平
统统梦见一遍,那么清晰、逼真
连三种傀儡的样子都记得灵清
梦里被傀儡和骷髅拍拍肩膀
喊他:"嗨,嗨,哥们!哥们!"
待到醒来,惊讶于自己仍是"故吾"
于是动笔,写下一册琳琅百货
和人间烟火气的《梦粱录》

2021 年

钱塘书房

哈,《呼啸山庄》
曾被刁钻批评家改为:
《枯萎山庄》

"这是我的灵魂在呼唤我!"
隐藏起来的页码里
艾米莉喊出罗密欧的话

书架上,沉甸甸的
最厚一本:
《苏联的最后一年》

窗外,人工湖,粼粼波光
菖蒲和芦苇的倒影
恍恍惚惚

《重新回到一颗种子》

是在说一种可能性么？

在咖啡、玉檀香
和古法驱蚊精油
混合的复杂气息中
我看到另一本书：

《起风了》

  2022 年

石　磨

周末当义工,卖出三杯豆浆
钟求是、孙昌建、北鱼各一杯

一盘石磨,压下来——
听到黄豆粉身碎骨的呻吟
看见黄豆转化的新形态
我们的欢欣,源自
豆子的虚胖和肿胀
想一想,也是一种羞愧

不数豆子了,就磨豆浆吧
凝神,专心致志
就能看见钱塘的九阳——
明晃晃九个太阳
液态的某种定格和虚拟

一粒豆子

一条未发芽的命
每一粒豆子，汇成
破壁的蛋白、磨砺和牺牲

如是我闻，如是你见：
钱塘江边的石磨
我手中旋转的一轮
或许正是后羿射日
遗忘天空的那一个

    2022 年

在黄公望隐居处

——赠蒋立波

没有比月亮更古老的刑具
没有比群山更绵延的长叹

草木萧瑟,万象肃杀
雪落,如"薄粉晕山头"
四壁内的意象和减法在燃烧
笔墨,困兽犹斗的第二现实

不可痛失游侠吴均所见:
"风烟俱静,天山共色
"从流飘荡,任意东西……"
乱世春江水,魔幻般清澈

现如今,绞索替换了月亮刑具
天空唯余星光的荒草和鞭痕
通向山山水水还有一条

逃亡的小径,可能的小径

大痴暮年,尚有草庐里的小南天
或登眺,或凭栏,不知身在尘寰
卧游于绝世的山水长卷
隐者神圣的第四人称已然诞生

2020 年

严子陵钓台

林蛙聒噪,更显钓台幽静
江水不息,衬托时光绵长
当严光的脚丫搁在皇帝肚皮上
他的臂膀和头颅在哪里?
刘秀的步履又去了何方?

燕蝠尘中,鸡虫影里
唯留下,这一帧幽坐独影
当严光钓到一尾春江鲥鱼
他的柴火已淋过几场暴雨?
空空鱼水之欢又流到了哪里?

云山苍苍,江水泱泱
烟林蓊郁,足以放下此生荣辱
当严光活成了《富春山居图》

大痴道人的笔墨如何开篇?

先生之风还在今天吹送么?

2021 年

龙门·迷宫

当一个孩子
漫游迷宫的时候
请千万不要去打扰他

此刻,正有一个小可爱
一个两三岁的小男孩
出现在十九条小巷的
一条鹅卵石街道上
正午的太阳明晃晃的
小男孩一会儿眯起眼睛
一会儿努力睁大眼睛
一会儿小跑,一会儿蹲下
抚弄石缝里长出的小草

他正置身于一个迷宫:
龙门——中国最大山村
明清建筑大型博物馆

街道被光斑和阴影分割
弥漫旧年和潮湿的气息
空间囤积太多的时间
——空间被时间化了

在龙门，学习迷路
是一个孩子的必修课
七千村民都迷过路
没有一个人丢失过自己

小男孩遇到几条狗
它们礼貌地为他让路
他在一个废园捉蝈蝈
与另外几个孩子玩迷藏
在一位慈祥老奶奶家
吃了油面筋和水煮芋头
开小店的阿姨
给了他一支雪糕
在酿酒师傅晒干的
香酒糟上打了几个滚
想回家时，发现迷路了
然后开始哭泣……

龙门，家外有家
一个放大了的家
孩子们一学步
就漫游在时光深处了

    2023 年

旧县，母岭

旧县，问候新城
母岭，统领群岭
以一株宋桂为地望标识

严光默默收起钓竿
——不知去向
大痴醺醺然走进山水长卷
——隐而不见

我们在山下修一个草亭
用一些桐庐的稻草
几捆霜降后的芦苇秆

奔跑的人哪
请停下你的脚步——
坐一坐，喘口气
听一听风声、雨声、鸟鸣

闻一闻南宋吹来的
桂花香味

江水滔滔,从不倦怠
如斯逝者,一再重返
起始:旧县,母岭……

    2022 年

富春江边

在富春江边一块石头上默坐
沉溺于山水寂然的广大物象
忽想到:痴与静如何结合?
醉与罚是怎样消失的?
如何给黄公望和塔尔科夫斯基
安排一场波光中的会面?

在富春江边,行行且行行
我给幽谷里一棵五百岁的苦槠
取了个名字——"大痴塔氏"

2022 年

李清照在金华

北方的乌云压在心头
金戈铁马,逆胡亦是奸雄才
衰世至,山河破碎,夫君夭亡
十五车金石古卷丢失、焚毁
这婺江双溪口的舴艋舟
载得动多少生死离愁?

与其凄凄惨惨戚戚
不如移情于物
移情于江水、丘陵和远山
云中锦书,无须寄达
瘦鹤芝兰,只在梦中
你爱此地肥嫩如船的白藕
硕大如瓜的山枣
南人容颜,尚有一些
慈悲、安然和明丽

1134年的金华,流离失所中的
一种停靠,一次喘息
人生能如此,何必归故乡
小令冠绝,如南方蓬瀛
如沈约的江滨楼阁
登高远眺,柔靡与婉约
道出郁结的悲楚
和一声旷达之音:
"千古风流八咏楼,
"江山留与后人愁。"

2021年

智者寺

——赠吴述桥、李蓉

寺与校,毗邻而居
校里的师范,承担起
寺的部分世俗功能

陆游离开后
李清照尚未来到金华
尖峰山上的银杏叶
却缓缓飘落下来

罗汉们拥有人类的喜怒
新供奉的观音,四面,千手
在一池又一池残荷里
慈航,普度……

肃穆、几乎入定的鸟儿
站在水边岩石上

凝视着
反复训练潜泳的龟

雨后湿润的空地
表情包般的地涌金莲
突然开放了

    2021 年

网红餐厅里的艾青

金华,肯德基网红餐厅
门、窗、橱、墙、桌
到处都是艾青的诗句
我脑海里却是他的西域十八年
古尔班通古特沙漠边缘
一四四团,"小西伯利亚"
穴居者和白内障患者艾青
晚上住母羊产羔的地窝子
白天淘粪,脸上涂墨汁
默默打扫全连队的旱厕

2022 年

伤　鸟

善哉，义乌鸦
来自天目峰巅的翔凤林
飞过了渐江又春江
衔来霜菊、泥土
凝雪般的白沙细石
为颜乌的母亲修筑坟墓
孝子颜乌已哭晕三次
醒来三次，心已碎
你对他说：莫哭、莫哭
让我来帮你修个好坟墓
义乌鸦，白天修，晚上修
嘴巴伤了，烂了，滴血了
叫几声，继续修筑
义乌鸦，你又叫慈乌
从小懂得反哺自己母亲
世上没有比你
更吉祥、更孝顺的鸟儿了

你飞过的丘陵之城
如今是小商品之都
琳琅，繁华，喧腾
人来攘往，蜚声海外
当人们陶醉于鼓胀的钱囊
穿越到前现代的横店古戏
不再记得六世纪前义乌
的本名：伤乌

      2021 年

注：部分取材于郦道元《水经注》。浙江，浙江（钱塘江）的古称。

骆宾王墓前

有青山、红壤
无白鹅、高歌
在菊气入秋的
丁店村，枫塘边

衣冠冢有两个
南通和义乌
死法却有四种：
投河而尽
苟活江北
归于灵隐
桴海而去……

有壮士发冲冠
晚风连朔气
易水送人之悲凉
有讨武曌檄之激昂

贵贱一视之同仁
不汲汲于荣名
不戚戚于卑位
……却无：
骸骨、空名、香火

丁店，午后枫塘
一种世袭的静
——到秋天
寂寞如此之好
死在老朽
才得以返璞归真

时辰追溯时光——
古老汉语听力深处
一个稚嫩的童声
穿越时空而来
经久不息、回旋反复：
"鹅鹅鹅，曲项向天歌……"

2023 年

永康典礼

西津桥上,有人对着江水打盹
五峰山顶,谁人折桂、摘柚?

佛手香橼,笼罩长夜、星光
一把神秘的永康锁
连沈秋伟和他的智囊都无法打开
龙川与兵事的密码丢失了
我只好爱上肉麦饼和豆腐皮

"日用之间无非事"
夜用呢?把夜交给一只花蝴蝶
以便引出古旧鼓词、十八蝴蝶舞
引出蝴蝶失足的绞花步
以及她们戏剧化的前世今生

撤离火山剥蚀的红丘陵
从晨雾里缓缓归来

坐在金灿灿稻田里闭目冥想
镰刀入库，授奖辞入库
以免惊动了念奴娇、陈汝能
和五峰山上一头石狮子

  2021 年

胡柚诗会

金源村的篝火升起的时候
半个月亮
正在常山山脊徘徊
源自北宋的曲折溪水
依旧潺潺、淙淙

夜晚有明显的缺口
由樟木宗祠和世美的
石牌坊,来补缺、填充
今天有足够的红油漆、黑油漆
涂抹马头墙下大片的虚空

神离去后,匍匐也是一种信仰
一只胡柚找不到帛道胡人
——那些粟特般消失的品尝者
它,只是替九个留名的进士
以及更多的无名无姓者

悬挂低矮的枝头

怀古,咏叹,伤悲……
擦亮果实之神的额头
如同我们用杯盘间狼藉的餐纸
擦亮常山的半个月亮
篝火也旺,舔亮局部的夜空

告别酸甜爽朗的果瓤
柚子皮像老山羊的牙掉落
微醺的小荒、神游洞房的阿剑
找来一些豆干、新鲜橘皮
加点两头乌的肉末
为我们炒一盘爆辣的衢州酱

崔岩还在自斟自饮。黑风衣的余风
站在金源山谷吹来的一阵大风里
大声宣布:胡柚诗会到此结束!

       2021 年

衢州的孔子

南渡——
衍圣公背负沉甸甸楷木像
朝向长旅尽头的衢州——

那有群山、雨水、江风
和人们热爱的辣

第二圣地,十二木柱
支撑起四省边际的神圣家庙
隐藏一间小小的思鲁阁

光阴俨然旧了
而边际,渐渐汇成一个中心

一个佾台,两座牌坊
金声、玉振、棂星、大成之门
仿佛孔子的灵,一直在那里

徘徊，穿越，回旋
像北方吹来的一阵悲风

今日门票，赠我半部《论语》
比落到手里的一片银杏叶
还小、低调、无声
——薄的纸页，不治天下了

在衢州，秋风无声地
慰藉并治愈悲风

      2022 年

梅　城

河水，流动的丝
新安江，兰江，富春江
三匹生丝，完美缝合
请飞帆鼓棹放心，它们
不会纠结成一团乱麻

建一座城，镇守于此
因为，河水是
流动的丝、溜走的韵
需要石头的山
石头的滩
石头的双塔
石头的牌坊
石头的梅花雉堞……
在此坐落，立定
再塑一个石头的范仲淹
一个石头的陆游

流水怀抱一个"丁"
浩渺烟波显现的城
光阴明镜，屏风画卷
站在"南襟水丁"眺望
水，一条蜿蜒路
江河，一个水浪子
向着钱塘、大海而去了

在梅城，有人愿意
做江边一棵树
有人希望成为水中
一条鱼、一尾鳅
而你，从沙漠回来的人
更愿成为一滴水
投身于律动的蓝——

那非人间的
归宿性的蓝！

    2023 年

钱江源

我提着一条河的下游来到它的上游
——源头之水,今年少了
像一个人儿时记忆珍稀的几滴
指示牌:前方野生动物出没
鸟鸣,林涛,卵石
与巨石的交谈,山更幽
胆小的石鸡隐而不见
螳螂的绿近乎澄明
仿佛取自枯丛中残余的新意
树木茂盛,有点磅礴
浙江柿、木荷、厚皮香
青冈、桂樱、豹皮樟
白檀、水马桑……
一个可以辨认的庞大家族
阳光,碎银般落下来
抬头看天空,流云也汹涌
再辨认——"乳源木莲"

是在指称江河之源么？
源头之碑，孤单隐去了
莫非已重返沧桑斑驳的山石？
"渴啊，水之秘仪：
"它的沙化，它的石化……"
从沙漠归来，走了很多的路
一粒小石子使卫君的腰有点疼
于是，赖子豪饮大杯土烧
如同饮下一种力
为兄弟解忧、疗愈
再喊我一声——
我就提着下游来到上游
老杜说得对，不废江河万古流
时光也将回到群山中隐秘的起源

2022 年

第四辑
蕴·瓯江山水诗路

江心屿

谢灵运走后
孟浩然来了
陆游走后
永嘉四灵来了

李杜的神游走后
清了禅师的真经来了
皇帝的惊惶走后
文天祥的《指南录》来了
还有,王十朋的
"云朝朝朝朝朝朝朝散,
"潮长长长长长长长消"
也来了——

每离开一次
小蓬莱就长大一寸
东屿,西屿

归于生死相契

微澜,怒涛

赋予"普寂"之名

如是汝闻,如是我见:

"云日相辉映,空水共澄鲜。"

——你、我走后

谁,来,了?

      2023 年

注:"云日相辉映,空水共澄鲜",出自谢灵运诗作《登江中孤屿》。

谢公屐与玄言尾巴

谢公屐的响声传之久远
永嘉山水至今消化不了
写者艰涩、硬冷的生僻字

忧愤、高傲、放诞之个性
与时代一起塑造并推演命运
四十七岁的弃市刑早已准备好了
只要想到这一点,瓯江水波
就化作中年的罪责和皱纹

山水的寄情如此短促
内心的狂涛总是郁积难平
一个"玄言尾巴"并非多余
尾巴恰恰是你的纷繁头绪
抓不住归去来兮的率真与悠然

除了诗篇中偶尔的痛感和柔软

粗放的史脉，沉潜的文脉
难于抵达具体而微的心灵

2024 年

朔门古港

在朔门，望瓯江
江心屿，像一艘巨轮
沿浑黄的江水逆流而上
东塔、西塔，升起的双桅
——上溯，行进……
驶入宋、元、明
雾霭中隐去的世代

消逝了的，沉下去的
是太多的负重之物：
船只、筏子、木栈道
江堤、码头、水陆城门
沉下去的还有一些轻：
彩绘土漆木器
碎了又碎的薄瓷……

一双蓝手套，闯入视野

躺在瓮城基址上，尤为耀眼
隐约印有"拳王"字样
我用手机拍下了它
手套后面，出现了
口腔医院、南戏博物馆
"千年商港，幸福温州"
的巨型路牌

     2024 年

雁荡夜游

被海上夜光驱策
群山开始奔跑——

一个趔趄,停在雁荡
海底火山,用苦咸盐粒
按下岩浆的暂停键

夜幕中,群山抬起
灵峰和灵岩的奇崛头颅
抬起马鞍、虎背、羊角、猴影
以及,一泓碧潭的作幻

象形的山影
皆文的动植
轻轻哼唱夜游神之歌

当章鱼爬上一钩弯月

挥舞须爪，星辰间
仿若砗磲灵光闪烁

一个中年，放慢脚步
天生桥上徐徐而行——
如履薄冰
如履长风和苍烟

              2023 年

萤火码头

苍坡,永嘉耕读人家
正忙于晾晒笋干和菜干

丽水遥远,丽水街却在脚下
鹅卵石为女士的心事按摩
再给一罐九蒸九晒姜粉提提神

三株流苏,树冠巨大、蓬勃
它们的轮回,轻与重
被人误读为一场"四月雪"

镬炉不是镬,正如楠溪不是溪
几只去年的野柿子留在枝头
仿佛对旧时光的不舍

滩林里的麦饼吃完了
乘竹筏,如骑宋韵兔马

颠簸着,驶向狮子岩——
去听群山无声的狮子吼

当萤火闪亮,人间风景
归于一场徐徐降落的暮色
一天的生动,转瞬隐入
遗迹、暗夜和苍茫

      2023 年

七条小巷

桂山路、绅弄、刘祠堂背
文昌路、酱园弄、泰山弄、营房弄
七条小巷,丽水的光阴博物馆
丽水的老心脏、老迷宫

老屋,老井,老墙,老窗
住的大多是老人
寡言少语,与岁月紧密厮守
来一杯老酒,开口便成章——

范美翠:
"孤独和寂寞
"是我的朋友,
"不怕它们,
"所以活到了现在。"

留章前:
"越活越年轻是假的,

"越活越老才是真的,
"又老又丑不要拍了……"

陈金成:
"你要走了,
"我要哭了。"

应玉红:
"我不怕死,
"我就怕
"一点一点
"死去。"

……

太初有言,小巷有言
杭城来的摄影家
将凝视改为耐心倾听
他游弋的镜头向外
转而向内……

2023 年

注:诗歌参考了傅拥军《七条小巷——一座城市的美术馆》(广西师范大学出版社,2021 年 11 月版)。

东南有嘉木

东南向阳的群山
绵延起伏的苍翠乐章
十指和一把牛筋琴
适宜弹奏南方嘉木

黄汤也是还魂汤
顾渚山的陆羽可能遗漏了这点
品茗,如灌醍醐、饮甘露
直到禅茶一味
回应内心的幽暗和波澜

日遇七十二毒,得黄汤而解之
涤烦,悦志,益思,甘则补而苦则泄
当神农后裔们的将军肚洗成水晶肚
谁人不愿成为嘉木的钟爱?

"阴中之阴,沉也,降也"

而一株平阳嘉木,向阳,冉冉升起
当指尖穿越冬季触抚新生的嫩芽
大地迎领了天空流泻的
丝竹般春日暖阳

      2021 年

注:引文出自李时珍《本草纲目》。

在平阳

群山庄严,风景无边
山中秋虫,彻夜低吟浅唱
公鸡的高音破晓之后
茶园里一只小鸟吹起口哨……
格桑花来自高原,身披江南露水
山茶果却是土著,晨光里
铃铛般轻轻敲打
凤卧,水头,腾蛟,南麂……
几个地名,在稻田和甘蔗林
木楼和石头房子
以及独木成林的榕树间……闪现
地方即家园,可以反观旅程和内心
平阳即世界,让世界多出爱的理由
——让乌拉草鞋漂泊鳌江
穿越竹林、柚子园的景物记
东海浪花,拍打日出的海岸
风景和爱意,漫过南雁荡浩荡的群山!

2021 年

美丽办

——赠潘新安

美丽办主管全域美丽事务
从女性穿着到一朵茶花的开放
从群山巍峨到泉水叮咚
统统管起来,不留一个死角
美丽办里皆女人,木有男人什么事
他们只好围着美丽办转啊转啊
很快就晕头转向、不辨南北东西了
还以为在雪域高原转法轮
孩子们为美丽办唱起赞美诗
老妇人看见自己逝去的青春
老教授希望占据唯一的保安席位
娱乐业主干脆关了娱乐城
跋山涉水,远道来到南雁荡
梦想做一个美丽办的地下买办
却被美丽办泼出的凉水淋了一身
落汤鸡般送回赤日炎炎的湖州

2021 年

自然深处的松阳

每一个被瞽盲隐藏起来的地方
都可能是世界的尽头

五百岁的香樟,新移民的香榧
罹癌后活下来的参天古松
都是你松阳漫游的地望

"大自然是一个向导,
"将你从内心导向外部世界;
"大自然是一味药,
"只是对你的病笑而不答。"

山路盘旋,梯式村庄
坐落于坑与峰跌宕的春天
使你渐渐获得了
螺旋形升起的苍翠与沉醉

地方即世界。每一个尽头
拥有新的开篇、新的启动
因为自然的自力
因为万物朦胧的渴望
正如你在松阳所见——

走到明清老街尽头
遇见一把砍骨刀
土酒中溺亡的马蜂
走到群山深处
遇见南岱、横坑、酉田、松庄……
见山、问茶，揽月、观星
把一个冲突的"我"，轻轻放下

——走到自然深处，便遇见了松阳
"求教自然……一门毕生的功课！"
求教于江南秘境，请从
一株灯台树、一丛东方水韭
一口箬寮森林的"隐泉"
开始——

2023 年

老奶奶致敬张玉娘

老奶奶内心有一个小姑娘
八十岁开始画画
画手印、脚印、鹅、鸭
九十岁练习写字
写"人""土""月""刀"
以及浓墨重彩的"好看"

张玉娘内心有一个早夭的新娘
哀婉，惆怅，徘徊山坡上
看月儿阴晴圆缺——
"山之高，月出小，
"月之小，何皎皎……"

竹林剧场，一阵松阳高腔
《马房招亲》，铿锵插了进来
仿佛今古之间忽地横了一个坑
正应和"横坑"这个地名

尔后，竹梢窸窣、喧哗
编织出日光与月光的穹顶

老奶奶抬起头，看见村道尽头
老黄牛驮来两卷《兰雪集》
缓缓地，上山去了——
张玉娘的诗篇
在星空博物馆熠熠闪亮

2023 年

注：张玉娘（1250—1277），南宋女词人，字若琼，自号一贞居士，处州松阳（今浙江松阳）人。著有《兰雪集》两卷，留存诗词 100 余首。与李清照、朱淑真、吴淑姬并称为"宋代四大女词人"。

以缙云之名

以缙云之名
备好高香、花篮、美酒
布龙、板狮、牛血汤
祭轩辕黄帝——
如别号祭祀本名
南方祭奠北方

北方迁来的部族
北方迁来的麦种、汉语
于百越群山落户安家
黄土终爱上红丘陵
——灵动与情怀
注入一股慷慨之气

北陵南祠,遥遥相望
构筑一种千古共时性
在缙云,唐以来摩崖石刻

经受住时间双倍的耗损
——时间，放任为
一条怀古访幽的好溪

  2024 年

欧冶子

1.

我是个体,也是集体
一个人化身为无数铸剑师
无数铸剑师又集合成一个名字
我是真实、独一,有名有姓
我是消散、湮灭,无声无息
欧——瓯,瓯江、瓯人
冶——冶炼、冶铸
子——一个男子
或无数的男子和女子……

2.

冷兵器诞生于绝对的热
火焰与岩浆的热

清水，淬其锋，坚其刃
诞生寒光耿耿的冷
在绝对之冷与绝对之热之间
我见过群雄并起、诸侯争霸
见过君王、谋士、刺客
见过征战、屠戮、牺牲
见过太多的血、太多的死

3.

文士尚武，自古而然
李白："仗剑去国，辞亲远游。"
杜甫："猛将宜尝胆，龙泉必在腰。"
韩愈："……佩之使我无邪心。"
文武兼修，方得勇智
重塑一个分裂症的男人
保持他二重性的巨大张力
剑道，道家之道，天道之道
我的衍生品：七星剑
向上对应北斗七星
向下对应龙泉的七星井

可叹剑池湖干涸，秦溪山下
七星井近剩下孤零零一口
青苔为墨，上书"天枢井"

    4.

越王命我铸剑，铸成削铁如泥之剑：
湛卢、纯钧、胜邪、鱼肠、巨阙
风胡子，风一般带来楚王命令
再铸灿如列星三剑：
龙渊、泰阿、工布
越败于吴，勾践向阖闾求和
献湛卢、胜邪、鱼肠
藏在鱼腹的鱼肠剑刺死了吴王僚
湛卢之剑憎恶阖闾暴戾无道
逃出吴国国都，沿水路到了楚国
吴楚之战就这样开始了
龙渊等三剑又挑起了晋楚之战……
凶之门、祸之根，莫非为吾剑开启？
那么，伍子胥、文种的自刎之剑
又是谁人的指令、谁人的铸造？

5.

秦溪山下，采天地精华之剑
采五山之铁精、六合之金英
九九归一，归于刚柔一剑
霜刃精光，如闪念，需屏息捕获
诸侯们的大地，嗜血之剑
嗜敌我之血，君王与草芥之血
也嗜动荡的过去和莫测的未来

6.

我是个体，也是集体
正如干将莫邪，是人名也是剑名
阳曰干将，阴曰莫邪，阴阳同光
正如干将，是同门也是女婿
我们共有一个伟大导师——
某日，因炉中金属不熔化
师傅夫妇一起跳进炼炉中

才炼成举世无双宝物
这一跃，人与剑就合一了
这一跃，人与剑就不分彼此了
所以，不要叫我"铸剑鼻祖"
我的师傅、师母，才是

7.

几部史书中有我粗略行迹
模糊身影、时隐时现的剑光
史家们深知我意：消失于
一本书、三千汉字之后
如同回到日与月的背面
在龙泉，我有古老的将军庙
深山里新建的恢宏龙祥观
你们膜拜塑像，如膜拜虚空
但放下"我执"总是好的
冷兵器退场了，你们就去
热兵器时代博弈的新丛林吧

2024 年

金　村

——赠流泉、江晨、徐建平、洪峰

金村不产金子，只产青瓷
宋元明，国家级工业园区
一部分青瓷去了帝都
更多的青瓷沿瓯江、闽江
远渡重洋，走向海外
留给金村的是一些废瓷
一部泥与焰的蝶变史

瓯江上游，海丝之源
梅溪两岸，群山静寂
萎缩的河道，枯水，碇步桥
曾经以筏为马、舟楫往来
如今，公路代替羊肠古道
新建的龙窑，模拟往昔
几只公鸡站在"一号码头"
拥有运动员那般的长腿

补丁般水田，一群鸭子觅食
真的是，稻田水暖鸭先知

二月，深山里的金村
枫香已老，修竹已瘦
梅花、玉兰纷纷绽放
五平方公里土地
一百二十六窑址
碎了的瓷，完整的瓷
仍在地下悄然沉睡

    2024 年

孪生桥

上桥,下桥
老油杉诞生的孪生子
——虚空之架设、构造
有了双倍的巧匠
双倍的人工和传奇

虚空沦陷于漫漶之绿
虚空被溪水带走
虚空跌宕,大不过
景宁山里一个坑

当榫和卯精准地
找到对方
桥与庙一体化了
行者与泛神
也开始亲和、互认

上桥神龛里蒙尘的
"千里眼"和"顺风耳"
将下桥视为古老的克隆术
以及念想向物象的迁徙……

在东坑，两座廊桥亦真亦幻
"浣洗女花花绿绿的身影
"和桥影重叠在一起，
"一度使我更加迷恋水中之桥。"

2024 年

注：引文出自鲁晓敏散文集《廊桥笔记》（广西师范大学出版社，2022 年版）。

菇　寮

菇寮即毡房
漂泊去了江西、安徽、湖南……
逐香菇而居的游牧民
将"地方"走成"世界"

菌，仍是千年香蕈
记得霜花般的深刻刀痕
却丢了原木砍花法
化腐朽为神奇的烂木头

归来——坐在八仙桌前
吃一碗热腾腾赤豆饭
佐以豆腐花、油渣炒青菜
几个沉默寡言的男人
仿佛失去了音容和面影

……而村庄是不会丢失的

扎根于时间与溪水一起流淌的
群山之中，山谷却越陷越深
如同景宁和庆元之间一口井

庙不是寮，不会漂泊
五显庙的菇神戏，召来
铿锵锣鼓、咿咿呀呀木偶
"不知道自己拜的是神还是佛，
"也许是一株草，在膜拜
"将要显灵的一朵菇……"

2024 年

注：引文出自吴梅英散文集《小村庄》（长江文艺出版社，2023 年版），
　　有所改动。

江湖派

江湖派是提前了的"民间派"
君子在野,布衣终身
野生的日常性写作
关注个体、疾苦、动荡、荒芜
"江湖"与"四灵"相惜
仿佛"史诗"在南宋的余音

早年师从陆游的戴复古
自谓"落魄江湖四十年"
眼见"田野委饿莩,
"道路纷流离"
而"恨满东南天一角"

浙南岩后村,五岁至十三岁
叶绍翁寄寓八年的小村落
十来户人家,古木相伴
鸟鸣山幽,鸡犬相闻

一个恍惚,仿佛穿越千年

新落成的白云书院
村长兴致勃勃谈到要用
叶诗中的春笋、菱角、茯苓等
做成招徕游客的"绍翁家宴"
而我提醒他,穷苦不是"宴"
野菜、粗粮切忌"高大上"

在中国,大概七八亿人记得
"春色满园关不住,
"一枝红杏出墙来"
但有多少人记得写下它的诗人
记得他仅存的《靖逸小集》?

忽想起在疆时有人告诉我
"一枝红杏出墙来"
堪称中国第一绝句
几乎可与所有七言相对
譬如"孤帆远影碧空尽,
"一枝红杏出墙来"
再如"李白斗酒诗百篇,

"一枝红杏出墙来"
等等,哈哈……

"墙"是世上所有的墙
"杏"是人间所有的花
故此,"千年绝对"诞生了

    2024 年

注:"四灵"即"永嘉四灵",指的是南宋中后期徐照、徐玑、翁卷、赵师秀等四位永嘉诗人。

乌饭节

自称"山哈"的人
对着树洞唱歌
仿佛树洞里有一所剧院
另一个空旷山谷

畲族双音,姑娘们深情的
复调、交织、回旋:
"爱死了,又恨死了……"
"离开了你,却舍不得你……"

三月三,乌饭节
茶山上采乌稔、南烛
夜晚迎来火炬、狮子和鱼灯
"添一点炭,增一点火;
"添一份热,增一份福……"

做了阿驾的人

端上香喷喷乌米饭

这"黑暗料理"

仿佛树洞的秘密

这谷米的生日

也是每一个畲族人的生日

    2024 年

注：畲族自称"山哈"，他们的乌饭节即农历三月三。阿驾，畲语"奶奶"之意。丽水景宁畲族自治县是全国唯一的畲族自治县，也是华东地区唯一的民族自治县。

泰顺廊桥

泗溪不大
两岸却相距遥远
土楼与白云尖
迢迢相望

风雨不阴晦就好
雷霆不万钧就好
洪水不脱缰就好
脚步不踉跄就好
廊桥不遗梦就好

耕作的人
赶着牛羊的人
身负柴薪的人
男男女女的人
各怀心事的人……
脚步杂沓,纷纷过去了

毁与建，死与生
需要时光递过来的
一把剪刀撑
几种重力寻找的支点

廊屋：悬空一个停顿
鳞叠铺钉风雨板下
躲避风雨霜雪的人
抱紧一个祝福：
"泰——顺"

    2024 年

青田石雕

石头上绣花
镂雕，篆刻
需要一双相石之眼
一身巧玉石功夫

在石头里放进
仙佛、鸟兽、云朵
和我们自己
然后，雕刻开始了

石头的时光
也是流水的时光
刻刀和心灵的时光

从石头里取出
我们的谦卑、渺小

再取出重塑过的

坚刚、清润

2023 年

茶　耳

茶耳醒来——
辽阔的粉丝大展宏图
葛根粉、红薯粉、洋芋粉、玉米粉
裁剪了丽水深山的绵绵细雨
然后像细小顺滑的泥鳅
一条条从土陶餐盘里溜走

茶耳竖起肥嘟嘟的耳朵——
在听力上它略显呆头呆脑
但还是听见了山间鸟鸣、林中鸡叫
甚至听见茶果落地
压榨、冷萃、提炼的声音

作为血耳的兄弟
和近义词，茶耳说：

"让茶油去往美妇人的厨房,

"而果壳和油渣,就回到茶园吧。"

      2021 年

苍南记

东海之滨,玉苍之南
我忍不住改写成:
"大洋之畔,苍天之南"

当我们到达时
大海已退潮
像一张疲软的鱼皮
将浮沫、跳跳鱼
禁捕期的渔船
留在沙滩上

餐桌上,马蹄笋和雀嘴
带来山海消息
窗外海燕翻飞,有些惊慌
似乎看到了盘中海蜈蚣

蒲城,一个远望的视角

翻过南边云雾缭绕的群山
是福建和亚热带的天空

在城墙上,我们谈到倭寇
罗伟章说,一群衣衫褴褛的难民
哪一处大陆,都回不去了
而我感到这些海上游牧民
如同穿越巨浪的一阵腥风

树不是倭,却能够靠岸、登陆
一株美洲仙人掌漂洋过海
已在碗窑村落户两百年
一株扎根石墙的榕树
活到了一百六十五岁

当鹤顶的火山死去
杜鹃花却越开越旺
有人将它比作"岩浆之花"
模糊了地质学和植物学的边界

在苍南,时光拥有另类的形态
要么是霞关老屋攀缘的苔藓

要么变成鸡笼山结晶的明矾
要么化为一座废窑里的釉彩……

渔寮之夜,月光下
王孝稽身穿一袭白衣
像来自山海的祭司
举起祖传配方的土烧酒
此刻,大海是沉睡的美人
或者安详如墓园的摇床

     2020 年

巨 树

有人曾把青菜种在星辰之间
我有巨树,何不植于心田?
让鲲鱼游弋其下,大鹏择枝而栖
缤纷羽毛,与落叶一起莅临……
彭祖八百岁,巨树眼中一瞬
树下清扫的枯叶
自焚,死灰壮大树的根须
我的碎石和齑粉
可以重塑巨树光辉的冠冕
列子御风,半月而返
而我的羊群,游乎尘垢之外
追随白云和乌云
去了宇宙深处……
天地一指,万物一马
相聚于浙东南一棵巨树下
吾丧我,无极之外复无极——

"今子有大树……

"何不树之于无何有之乡?"

    2021 年

注：引文出自《庄子·逍遥游》。

洞　头

——赠余退

离岛不孤，海上成群
像三百零二艘大船小船
漂浮于无尽的、颠簸的蓝

风平浪静的时候
捕鱼船开足马力
起航，深深划伤海面
——海，迅速愈合自己
海，每天都是恢宏的开篇

贝螺中的涛声
要用一颗心去倾听
滩涂上的小生灵
请再忍耐几个时辰
浪花和故乡还会回来

日落日升，潮起潮落
海，依旧是
渊薮、脊背和屋顶
依旧在取代天空的形而上地位

带鱼与藻类、星光纠缠不休
一再从本我变成无我
雾中望海楼不是主体塔
像失魂的怀乡者
接住大海投来的苍茫一瞥

     2020 年

贝雕博物馆

九亩丘上煮海盐
这是古人的劳作图景
虎皮房里养贝壳
才是今天的天才构想

巫的案几,鲍贝和鹦鹉螺发出幽光
木头兽脚,穿过越南、菲律宾雨林
到了洞头,以为已是海角天涯
甚至波浪、涛声和天空
也一起来到陈灿渊的密室

夜光螺叫板夜光杯
但螺钿的《心经》
并不反对和一幅女体悬挂一起
童子们的手工时代
在一堆七彩贝壳中重塑天真

艺海无涯，深海拾贝
泅渡和凝视都是另类的垂钓
当羊栖菜像美人鱼发丝拂过海面
吉尼斯的砗磲代表大海之心

海岸线诗人进入贝雕博物馆
像一群鱼潜入大海的史籍
中年的泥马，仍在滩涂疾驰
啊青年，这些润唇凤凰螺
静卧海底的发射器
要赶着与一头蓝鲸去约会

      2020 年

礁石之歌

海峡对面
一首歌不停地唱:
"为乾坤磨折了灵魂……"

大海,看上去一败涂地
像一面破碎的镜子
苍茫,忽明忽暗……

我只有一首冰凉的哑默之歌
有时,巨浪替我歌唱
一两只海鸥,撒下滑翔的长音……

浮沫退去了
五彩贝螺,这些密密麻麻的乖孩子
在吮吸我的石头奶

我的心
忽然变得无比柔软

2020 年

带鱼之歌

大海是我的空气
适宜翱翔

一小群或一大群的同伴
飞过去了——
我们柔软、瘦长
但从不纠缠在一起

诗人娜夜说
海市蜃楼是量子纠缠
带鱼与海带、紫菜,也是

大海,苦咸的牧场
我们以星光的浮游物为食

有时看见死去同伴的尸骸
在海底闪烁幽幽磷光

我把它们看成另一种光
——深渊之星光

出水即死。我的死鱼眼
不忍看见美丽、辛劳
被太阳晒得黑黝黝的渔家女
不忍看见她们哽咽的
丧夫之痛

……我闭上了我的死鱼眼

2020 年

蓝眼泪

介虫的化石
为何像孩子一样哭泣?

是石头,也是微小的命
是死,也是活

从你的阳台看过去
大海消失于蓝色萤火
一片冷的光

仿佛星海
在这个夏夜
跌
落
了

生死不明啊,浮游的命

回返——
回赠这份非人间的蓝

捕捞一滴蓝眼泪
逃走六月发情的大海

  2022 年

一本书打开一个世界

欢迎订购、合作
订购电话：0571-85153371
服务热线：0571-85152727

| KEY-可以文化 | 浙江文艺出版社 | 京东自营店 |

关注KEY-可以文化、浙江文艺出版社公众号，
及浙江文艺出版社京东自营店，随时获取最新图书资讯，
享受最优购书福利以及意想不到的作家惊喜